CHEMIN DE FER DE PARIS A VERSAILLES

(Rive gauche).

CAUSES

DE

LA RUINE DE L'ENTREPRISE,

ET RÉPONSES CRITIQUES

AUX ATTAQUES DE LA COMPAGNIE,

PAR ALEXANDRE CORRÉARD, INGÉNIEUR,

AUTEUR DU PROJET PRIMITIF
ET DU PROJET PROLONGÉ JUSQU'A BORDEAUX, PASSANT PAR CHARTRES, TOURS, POITIERS,
ANGOULÈME ET LIBOURNE.

CETTE BROCHURE SERA DISTRIBUÉE AUX CHAMBRES.

PARIS,

CHEZ L. MATHIAS (AUGUSTIN), LIBRAIRE,

QUAI MALAQUAIS, 15.

1er MARS 1839.

IMPRIMERIE DE H. FOURNIER ET COMP.,
RUE DE SEINE, 14.

RÉPONSE

AUX

ATTAQUES DE LA COMPAGNIE ET DES INGÉNIEURS

DU CHEMIN DE FER DE PARIS A VERSAILLES, RIVE GAUCHE.

———o———

PREMIÈRE LETTRE INSÉRÉE, LE 12 NOVEMBRE, DANS *LE BON SENS.*

A M. le nouveau Rédacteur en chef.

MONSIEUR,

La compagnie du chemin de fer de Paris à Versailles (rive gauche), ayant épuisé son capital social à faire moins de la moitié de ses travaux, vient d'assembler ses actionnaires et d'avouer sa détresse. Comme je suis l'auteur non pas du projet exécuté, je le prouverai tout à l'heure, mais de l'avant-projet approuvé par le conseil général des ponts-et-chaussées, par l'administration et par les chambres, c'est à moi qu'on s'en prend ; on m'accuse d'avoir rédigé des devis dont le chiffre est *quatre fois trop faible.* Tous les journaux répètent sous diverses formes cette imputation, sans doute sur la foi des renseignements qu'on leur a fournis et qu'ils doivent croire exacts. De toutes les feuilles publiques, il n'en est pas une seule dont le langage me soit à beaucoup près aussi hostile que celui du *Bon Sens* (mardi 12 novembre).

Je vais répondre avec quelques détails et j'espère, monsieur, que sans intervenir en rien dans ce débat, vous me laisserez le champ libre pour la défense comme il l'a été pour l'attaque. L'agresseur a dit tout ce qu'il a voulu, il est juste que je puisse dire tout ce qu'il faut. Permettez-moi d'abord de rapporter textuellement la partie de cet article dirigée contre moi.

« On sait que les devis de M. Corréard, qui furent adoptés par les ponts-et-chaussées, par le gouvernement enfin, par les chambres et la compagnie concessionnaire, portaient la dépense à 3,800,000 fr. On a pensé toutefois que, *vu la complète inexpérience de l'ingénieur,* il aurait pu se glisser quelque erreur, et dans cette prévision, les frais furent élevés à plus du double, nous voulons dire à 8 *millions.* »

« C'est sur ces devis et à ces conditions qu'eut lieu la concession et qu'il fut fait appel de fonds aux actionnaires. A peine la moitié des travaux fut-elle exécutée que l'on s'aperçut que, malgré l'énorme addition de 4,200,000 fr. en sus des calculs de M. Corréard, l'entreprise avait dévoré tous les fonds, et par conséquent *que le devis doublé n'était encore que la moitié de la somme nécessaire.* Le chemin terminé coûtera donc 15 à 16 *millions* payés par les *actionnaires crédules.* »

« Les études du projet Corréard ont été achetées 40,000 fr., c'est peu sur 15 millions, mais on doit convenir que c'est payer bien chèrement *un projet défectueux qui consommera la ruine d'actionnaires obligés d'accepter le travail erroné d'un homme qui se disait compétent.* Espérons, du moins, qu'une leçon aussi grave ne sera pas perdue, et que des fautes si énormes et si énormément payées ne seront pas sans quelque résultat utile. Plus de devis dont il faudra quadrupler le chiffre ! car si on suivait de semblables errements pour des opérations plus étendues, par exemple, les projets de chemins de fer *de Paris à Tours et de Paris à Bordeaux, proposés par le même ingénieur,* on doit prévoir les *incalculables désastres qui ruineraient les capitalistes français.* »

Ainsi, il est clair que mes devis ont tort, et que la compagnie a raison.

Les lecteurs du *Bon Sens* se rappellent sans doute que l'auteur de cet article n'a pas toujours été si favorable aux compagnies et si hostile aux devis primitifs ; naguère c'étaient les devis primitifs qui avaient raison, et les compagnies avaient tort de doubler le chiffre des devis (1). La compagnie que l'on défend a doublé le chiffre du devis, mais elle va le quadrupler, est-ce pour cela qu'elle a raison ? ou bien les devis ont-ils tort parce que l'auteur s'appelle Corréard ?

Voici comment on raisonne : le devis porte la dépense à 3,800,000 fr. ; la compagnie a dépensé 8 millions, et n'a guères fait que la moitié de ses travaux, donc il lui faudra 15 ou 16 millions pour les terminer, donc le travail de l'auteur du projet est erroné. — Évidemment ce n'est pas là raisonner.

Pour raisonner juste, il faut partir d'une vérité incontestable ou d'un point admis. Où est ici cette vérité incontestable, ce point admis ? Je ne le vois pas.

S'il était démontré : 1° Que le projet exécuté est bien exactement celui pour lequel j'ai dressé mes devis ; 2° qu'on a employé en toutes choses les procédés les plus économiques et les matériaux les moins chers parmi les matériaux les plus convenables ; 3° qu'un ordre parfait a régné dans toutes les parties du service ; 4° que toutes les dépenses portées en compte ont été sages, utiles, et restreintes au nécessaire strict et réel ; 5° que les prix de main-d'œuvre et de matières premières sont toujours restés les mêmes depuis l'époque où j'ai dressé mes devis jusqu'aujourd'hui, alors, on serait en droit de parler de l'insuffisance des devis ; mais il fallait commencer par s'enquérir de tout cela avant de supposer tout cela incontestable ; il fallait avoir de bonnes et irrécusables preuves de tout cela avant de condamner les devis et d'imputer à l'auteur de l'avant-projet la détresse de la compagnie, et surtout avant de compromettre par une accusation anticipée l'avenir de cet ingénieur.

Tout loyal qu'on puisse être, il est clair qu'on a manqué ici de logique et de prudence. Il faut donc que je fasse ce qu'on aurait dû faire.

Mes devis étaient rédigés pour mes projets, un devis ne peut pas plus aller à tous les projets qu'un habit à toutes les tailles. Eh bien, ce n'est pas mon projet qu'on exécute, c'est un projet qui en diffère essentiellement ; comment donc accuser mes devis ?

De Paris à Vanvres, c'est-à-dire sur un quart du parcours, on a suivi mon tracé ; pour le reste, c'est-à-dire sur les trois quarts du parcours, on a abandonné mon tracé, on s'en écarte toujours, quelquefois de beaucoup, et sur un point de 1,000 à 1,200 mètres. Dans ce terrain accidenté, une différence de direction, même assez faible, amène un changement total dans les travaux. A Bellevue, par exemple, mon tracé traversait à zéro la route de Meudon ; le tracé qu'on exécute n'est reporté qu'à environ 100 mètres, et cette légère déviation nécessite une longue tranchée de 7 mètres de profondeur.

Je traversais le Val de Fleury sur un remblai qui n'aurait pas coûté 500,000 fr. ; on a substitué un viaduc en pierres de taille qui coûtera 2,500,000 fr.

Mon tracé offrait 1/3 en courbes et 2/3 en lignes droites ; le tracé exécuté présente au contraire 2/3 en courbes et 1/3 en lignes droites.

Mon tracé se portait en droite ligne de Viroflay sur la porte de Buc et entrait dans Versailles par l'avenue de Sceaux ; il n'exigeait dans cette partie que la construction de trois ponts, peu de remblais et peu de déblais. Le tracé exécuté se porte par une courbe immense de Viroflay à travers la partie la plus basse de la vallée de Porchée-Fontaine jusqu'à la rue de Vergennes, et de là en droite ligne sur les terrains du Grand-Maître. Ce tracé nécessite onze ponts, un remblai de 3/4 de lieue sur une hauteur de 3 à 8 mètres, et dans toute la traverse de la ville d'énormes murs de soutènement, dont la plus grande hauteur atteindra 15 à 16 mètres.

Mon tracé n'obligeait pas, comme le tracé exécuté, à construire le remblai du clos de Montholon, remblai qui a 7 à 800 m. de long et de 4 à 13 m. de hauteur (2).

(1) Affaire du Chemin d'Orléans.

(2) Ce remblai exige 190,000 m. c. de travaux de terrassement, qui au prix de revient de la compagnie, 2 fr. 56 c. le m. c. coûtent 475,000 fr., plus 2 ponts qui au prix de 120,000 fr. les deux, élèvent ce surcroît de dépenses à la somme de 595,000 ; on peut ajouter 98,227° de travaux de terrassement pour la gare de Vanvres, qui montent à 245,000 fr., et l'on aura un total de 840,000 fr. ; tous ces travaux étant inutiles, mes devis ne pouvaient en comprendre la dépense.

Mon tracé exigeait, à Clamart et principalement à Meudon, des tranchées beaucoup moins profondes que celles qu'on y exécute.

J'ai donc pleinement le droit de dire que le projet exécuté n'est pas le mien; comment donc les dépenses faites et à faire pour l'exécution de ce projet qui n'est pas le mien, peuvent-elles autoriser les reproches adressés à mes devis?

Lors même que le projet exécuté serait identiquement le mien, suis-je responsable de la manière dont il est exécuté par d'autres? Ne sait-on pas qu'un même projet peut coûter beaucoup plus ou beaucoup moins, selon l'homme qui l'exécute?

Quels procédés a-t-on employés pour les terrassements? la brouette et le tombereau. Les wagons et les voies provisoires en fer eussent procuré une grande économie d'argent et de temps (1). — Les travaux pouvaient être mis en adjudication au rabais, on les a exécutés en régie, mode lent et toujours ruineux; on en a exécuté d'autres par un système mixte d'adjudication et de régie, mode encore plus funeste; on a fait travailler la nuit, moyen dont l'expérience a constaté l'abus. Les journées de terrassiers ont coûté jusqu'à 3 fr. 50 et 4 fr., ce que ne pouvaient prévoir mes devis qui datent de quatre ans.

J'avais porté le mètre courant de rails à 20 kilogrammes, poids justifié par l'expérience (les rails des chemins de Saint-Etienne et de Roanne ne pèsent que 14 à 16 kilogrammes). On a porté les rails à 32 kilogrammes. Pareille augmentation pour les coussinets en fonte. Les prix des fontes et des fers, qui étaient en 1834, de 32 et 36 fr. les 100 kilogrammes, sont aujourd'hui de 44 et 50 fr.; de sorte que cette double augmentation de poids et de prix a doublé la dépense de toute la voie en fer; et mes devis n'y peuvent rien.

A mes dés en pierres on a substitué des traverses en bois, qui coûtent beaucoup plus cher, et qui ne durent que 5 à 6 ans au plus. Ces traverses exigent une couche de sable de 50 c. sur toute la surface du chemin, ce qui n'eût pas été nécessaire avec les dés.

Mes devis disaient que les travaux de maçonnerie seraient exécutés avec simplicité et solidité. On les a exécutés *avec un luxe romain* et ruineux pour l'entreprise, selon l'expression très-juste du *Journal des Débats* du 13.

Parmi les ponts, d'ailleurs beaucoup plus nombreux que ceux de mon projet, il en est un bon nombre auxquels on a donné une hauteur et une ouverture doubles de ce qu'elles pouvaient être.

L'ordre a-t-il régné dans toutes les parties du service? — On assure que des scènes fâcheuses indiquent le contraire.

Quant aux dépenses, je ne suis point placé pour savoir comment elles ont été faites. C'est aux actionnaires à exiger qu'une enquête rigoureuse éclaircisse ce point capital; ils auraient dû prendre ce parti dès long-temps.

Mais sans avoir d'autres données que celles publiées dans les journaux, et probablement d'après les notes de la compagnie, on sait déjà à quoi s'en tenir sur quelques dépenses.

En dix-huit mois, et pour la surveillance de moins de la moitié des travaux (2 lieues), 308,000 fr. *de frais d'administration!* Encore les neuf administrateurs n'ont pas de traitement; que serait-ce donc s'ils en avaient? A ce prix, on doit remarquer que les frais d'administration pour la ligne de Paris à Tours (60 lieues), coûteraient 9,240,000 fr. et pour celle de Paris à Bordeaux (150 lieues) 24,332,000 fr.

Matériel d'exploitation ou d'exécution, 936,000 fr.

Tandis que sur le chemin d'Andrezieux à Roanne (16 lieues), dont la construction a duré cinq ans, les frais de matériel d'exécution ne se sont élevés qu'à 171,711 fr. — Il serait bon de savoir en quoi consiste le matériel d'exploitation pour un chemin à peine à demi exécuté, et dont la compagnie a déjà épuisé son capital social.

(1) Les voies provisoires et les wagons ont été employés uniquement à la tranchée de Clamart, et avec si peu d'intelligence, que ce moyen, loin de procurer une économie, contribue au contraire à élever la dépense des travaux de terrassement à 2 fr. 56 le m. c.

Acquisitions de terrains : 2,245,000 fr. pour la partie comprise entre la barrière du Maine et Versailles, lorsqu'ils n'étaient compris dans mon devis qu'à la somme de 808,736 fr. (1) ; et cependant mes évaluations fixaient le prix d'acquisition à 5,000, 10,000 et 250,000 fr. l'hectare ; aussi ces évaluations avaient-elles paru largement faites à toutes les personnes appelées à en juger.

Mes devis portaient à 12 fr. le prix du beton mis en place. Dans Paris, il coûte de 15 à 18 fr., y compris le droit d'octroi et l'augmentation de la main d'œuvre ; serait-il vrai que la compagnie l'eût payé 29 fr. ?

Toutes ces considérations et bien d'autres qui excéderaient les limites où je dois me renfermer, ne suffisent-elles pas pour *repousser la responsabilité* qu'on veut faire peser sur moi ?

Mes devis supposaient trois hypothèses : Selon la première, le point de départ était le quai Malaquais ; il fallait 8,946,240 fr. ; selon la seconde, le chemin partait de la Croix-Rouge, je demandais 5,820,420 fr. ; selon la troisième, qui ne me paraissait pas admissible, on partait de la barrière du Maine, 3,800,000 suffisaient (2). Les devis de mon avant-projet n'étaient pas si inexacts qu'on veut bien le dire, puisque M. Cockerill a offert d'exécuter la seconde hypothèse en dix-huit mois, et pour 7 millions. M. Cockerill a trop l'habitude des affaires pour s'en être rapporté aux seuls devis d'un avant-projet ; il les a fait vérifier avant de se décider à une pareille offre. On dit même qu'il consentait à payer une commission de 300,000 fr., et qu'il était disposé à doubler cette commission, ce qui en réalité réduisait son prix à 6,400,000 fr. Ce n'était donc que 600,000 fr. de plus que mes devis, et dans cette somme de 600,000 fr. devait se trouver son bénéfice d'entrepreneur.

C'est, dit l'article du 12, sur mon devis, montant à 3,800,000 fr., qu'a été fait l'appel de fonds aux actionnaires ; mais comment se peut-il qu'en faisant un appel de fonds sur un devis de 3,800,000 fr., on demande et on touche 8 millions, plus 2 millions de réserve ?

Vu *ma complète inexpérience*, dit l'article, on a ajouté 4,200,000 fr. à mon chiffre. Les hommes qui ont opéré cette addition avaient sans doute de *l'expérience* ; ont-ils deviné au flair qu'il fallait tout juste 4,200,000 fr. de plus ? Voilà qu'ils déclarent aujourd'hui qu'il faut en tout 15 millions. S'ils exécutent comme ils devinent, il faudra peut-être 25 millions. Mais certainement ils n'ont pas deviné, ils ont calculé, c'était leur droit et leur devoir, et ce travail qu'ils ont fait alors, non pas pour un *avant-projet*, mais pour un *projet définitif*, non pas pour mon avant-projet qu'ils ont mis de côté, mais pour un projet qui leur appartient et qu'ils exécutent, ce travail est le véritable et seul devis sur lequel a été fait l'appel de fonds aux actionnaires et le seul sur lequel il pouvait être fait.

Si donc le devis est insuffisant, il faut s'en prendre, non pas à moi, mais à la compagnie à qui appartiennent à la fois le projet exécuté et les devis de ce projet.

L'auteur de l'article déclare mon *projet défectueux*. Libre à lui de le croire. Il n'en a jamais rien vu, ce qui ne l'empêche pas de le juger. Il avance que ce *projet défectueux*, qu'il ne connaît pas, consomma la ruine des *actionnaires*, *obligés d'accepter le travail erroné d'un homme qui se disait compétent*. Comment ce projet qu'on n'exécute pas, ruinera-t-il les actionnaires ? Et comment les actionnaires, à qui on en a fait accepter un tout autre, mais pas celui-là, ont-ils été obligés d'accepter mon travail erroné ? Mon travail erroné, est-ce le devis, ou le projet, ou l'un et l'autre ? Mais encore une fois, l'un et l'autre sont écartés.

Ai-je *dit* que j'étais *compétent* ? Je ne me le rappelle pas ? Mais quand sur vingt projets en concurrence, l'un des miens a été déclaré le meilleur par le conseil général des ponts-et-chaussées, qui est bien un peu *compétent*, et qu'on ne taxera peut-être pas de *complète inexpérience*, il me semble que j'étais moi-même compétent pour dresser ce projet, tout autant du moins que l'auteur de l'article, pour juger les choses sans les connaître.

Il m'a toujours semblé que l'expérience s'acquérait par le temps et le travail ; or, depuis 1824, c'est-à-dire

(1) Cette somme s'applique à celle de mes trois hypothèses, où le chemin partait de la Croix-Rouge et entrait à Versailles par l'avenue de Paris.

(2) Il faut ajouter à chacun de ces trois chiffres 4,204,000 fr. pour le matériel d'exploitation (Voir ci après N° 56).

depuis qu'on a commencé à s'occuper des chemins de fer, je m'en suis occupé moi-même; il y a plus, j'en ai fait mon occupation exclusive; et si la persistance mène quelquefois au succès, j'ai dû apprendre quelque chose. J'ai suivi attentivement tous les travaux exécutés ou étudiés en ce genre, j'ai fait en même temps les études de plus de 300 lieues de chemin de fer; c'est à la tribune que M. le ministre des travaux publics a déclaré que mon projet de Paris à Versailles avait été reconnu le meilleur par le conseil général des ponts et chaussées; le même conseil et l'administration ont approuvé et présenté aux chambres la continuation de ce projet jusqu'à Tours (56 lieues). Dans ce grand travail, je ne me suis pas borné aux questions d'art, j'ai résolu d'une manière satisfaisante apparemment, toutes les questions d'économie politique qui s'y rattachent, puisque toutes les autorités locales, et les conseils généraux, communaux et d'arrondissement, et les ingénieurs en chef des départements, et les commissions d'enquêtes, et les tribunaux et les chambres de commerce, ont honoré mes projets de la plus complète approbation.

Ces témoignages officiels, réunis aux dossiers, et la plupart provenant d'hommes spéciaux et *compétents*, j'imagine, me paraissent un peu plus concluants que l'article auquel je viens de répondre.

On veut que ce soit en vue de ma complète inexpérience que la compagnie ait plus que doublé le chiffre de mes devis; mais alors comment expliquer la proposition que m'ont faite MM. Fould et Léo de me charger de la direction des travaux? Et sans doute, ils tenaient beaucoup à me la faire accepter, puisque pour m'y déterminer, ils m'offrirent : 1° de porter à 100,000 fr., payés comptant, mon indemnité fixée à 40,000 fr. par l'administration, et 2° un traitement annuel de 40,000 fr. pendant toute la durée des travaux.

Pourquoi ces messieurs me faisaient-ils des offres si avantageuses? c'est que sans doute ils me reconnaissaient quelque expérience.

Pourquoi ai-je refusé ces offres? c'est que leurs idées administratives m'ont fait prévoir ce qui arrive.

Pourquoi ai-je prévu et prédit ce dénoûment fatal? c'est qu'apparemment j'avais quelque expérience.

Agréez, etc.

A. CORRÉARD,

Ingénieur de la Compagnie du Chemin de Fer de Paris à Bordeaux, par Chartres et Tours.

Réponse à la Réplique de MM. Payen et Pardonnet, Ingénieurs de la Compagnie.

MONSIEUR LE RÉDACTEUR,

Un article officieux, inséré le 12 novembre dans *le Bon Sens*, imputait à mes devis les mécomptes et la détresse de la compagnie. J'ai répondu le 17 du même mois de novembre.

Ma réponse ne s'adressait qu'à la compagnie, qui devait avoir fourni aux journaux ou les notes textuelles dirigées contre moi, ou les bases de ces notes; autrement, où les journaux auraient-ils pris leurs renseignements? Et lorsque je disais : « Ne sait-on pas que le même projet peut coûter beaucoup plus ou beaucoup moins, selon l'homme qui l'exécute », j'entendais encore parler de la compagnie bien plus que des deux ingénieurs, qui ne sont probablement que ses premiers employés; car cette compagnie, lorsqu'elle m'offrit la direction des travaux, prétendait m'imposer un rôle si passif que, malgré tous les avantages pécuniaires, j'ai dû le refuser, et rien ne me prouve qu'on ait renoncé à ces prétentions despotiques en faveur des ingénieurs actuels. J'avais donc soigneusement évité de les nommer, et, autant que possible, de les mêler dans ce fâcheux débat; cependant ce sont eux qui se chargent de répliquer pour eux-mêmes et pour leur compagnie. C'est à eux que j'ai maintenant à répondre.

Leur attaque, développement de la première, occupe trois colonnes et demie de votre journal, ma défense ne saurait être moins longue, mais vous l'admettrez sans regret, je l'espère; d'abord la justice et l'impartialité le demandent, et ensuite la question des chemins de fer, naguère en grande faveur, aujourd'hui tombés en discrédit, est pour la France une question de plusieurs milliards, pour les actionnaires une question de fortune, pour l'industrie, le commerce et les voyageurs une question de la plus haute importance, et des débats entre les ingénieurs en désaccord doit jaillir une lumière dont le pays saura profiter. C'est moins ici une question d'amour-propre et d'intérêt privé qu'une discussion d'art et d'intérêt public. Il est bien entendu qu'ici toute la lumière viendra de ces messieurs, car je suis, moi, un homme *léger*, sans *expérience*, et pourtant rempli d'une *assurance étrange*, mais j'ai du moins le mérite de leur faire publier les excellentes choses que sans moi, ils gardaient pour eux et pour leur compagnie.

Soyez certain, monsieur le rédacteur, que, si, dès le principe, les journaux avaient parfois prêté leurs colonnes à de semblables discussions, les ingénieurs et les compagnies, redoutant le contrôle de l'opinion ainsi préparée à l'examen de ces matières, se seraient imposé une plus sévère et plus générale réserve, et que jamais en France la lieue de chemin n'aurait coûté 4 millions, comme on l'a vu dans certaines entreprises; on peut même compter jusqu'à 8 millions, en comprenant les bénéfices de l'agiotage, qui a dû porter à plus de 100 p. 0/0 au-dessus du prix de première émission, la valeur mensongère des actions trafiquées à la bourse. Les discussions publiques aurait appris à tout le monde le revenu présumable de chaque entreprise, et partant la valeur réelle des actions, nul ne les aurait achetées à un prix exorbitant; l'agiotage ne pouvant pas espérer de trouver des dupes sur les chemins de fer, les aurait laissés purs, intacts et non discrédités à l'industrie laborieuse et honnête, et aux capitalistes, gros et petits, qui ne cherchent qu'un bon placement pour leurs fonds. Ces motifs, que vous apprécierez, m'engagent à présenter aux chambres cette lettre et la précédente.

Revenons à l'affaire. J'observe d'abord que les citations textuelles qu'on va trouver guillemetées ou imprimées en lettres *italiques*, contiennent des expressions assez peu flatteuses, dont je n'ai garde de m'offenser, mais qui me dispensent d'une trop grande circonspection dans ma défense.

1° Messieurs les ingénieurs débutent en déclarant qu'ils *ne défendront pas une gestion* (celle de la compagnie) *à laquelle ils n'ont pris aucune part*, et tout de suite, ces messieurs qui ne sont pas *légers* comme moi, se mettent à défendre cette gestion qu'ils ne défendront pas : « Nous pourrions, disent-ils, répondre en deux mots que les indemnités d'expropriation, estimées par M. Corréard 177,336 fr. de la barrière du Maine à Versailles, auront coûté à la compagnie 2,700,000 fr. (voir n° 35), et laisser à juger par cet exemple de la justesse de ses autres évaluations ; mais *nous tenons à faire bonne justice de ses imputations*. »

Certes, messieurs les hauts justiciers, voilà de l'assurance ou je ne m'y connais pas. Vous n'en montrez pas moins dans tous les paragraphes de votre attaque, et si je viens à prouver, comme je l'espère, que ce sont vos affirmations si tranchantes qui sont presque toutes inexactes, que ce sont les miennes qui sont exactes, comment faudra-t-il, s'il vous plaît, qualifier votre assurance, certainement plus qu'étrange? Et que devra-t-on penser de votre menace altière de faire bonne justice de mes imputations? — Le public va juger.

Selon vous, j'ai eu tort d'estimer 177,336 fr. les indemnités d'expropriation, et la seule raison que vous en donnez, raison sans doute péremptoire à votre avis, c'est que ces indemnités auront coûté à votre compagnie 2,700,000 fr. D'où il suit que toujours toute chose vaut tout juste ce qu'on la paie, voire même ce qu'on dit l'avoir payée, que jamais personne n'achète trop cher, que jamais personne n'enfle ses comptes, et que les cuisinières ne font jamais danser l'anse du panier. Admirable logique! vous vouliez me confondre, j'avoue que je le suis.

Raisonnez-vous ainsi vos travaux? Oui probablement, puisque vos nouvelles demandes annoncent que la lieue de chemin coûtera 4 millions. Et on n'aura aucun reproche à vous faire, pour peu qu'on adopte votre façon de juger et d'argumenter; eussiez-vous dépensé 10 millions par lieue, ce ne serait pas trop, puisque vous auriez dépensé cela. Quoi de plus rassurant pour vos actionnaires?

Mais, dites-moi, l'exactitude de mes devis dépend-elle forcément de la manière dont votre compagnie vend ou achète? Avez-vous assisté à ses marchés, pour savoir s'ils ont été conduits de tous points comme ils devaient l'être? N'ayant *pris aucune part à sa gestion*, savez-vous si elle a réellement payé ce qu'elle déclare avoir payé? — Je ne le sais pas non plus; mais tout le monde sait, et vous savez vous-mêmes, qu'en pareilles affaires, les factures, les actes n'attestent pas toujours les sommes précisées accordées aux vendeurs, et en rejetant sur mes devis tous vos mécomptes et toutes vos fautes, en présentant comme une preuve frappante de l'inexactitude de mes autres évaluations, le prix compté par votre compagnie et celui de mes devis pour ces indemnités, vous et votre compagnie, vous m'avez donné le droit, vous m'avez mis dans la nécessité de vous adresser cette dernière question, car ce n'est qu'une simple question. Vous revenez plus tard sur ce point, j'y reviendrai avec vous.

2° J'avais dit : Le tracé exécuté n'est le mien que de Paris à Vanvres, environ un quart du parcours total. Vous répondez : « Les deux tracés (le vôtre et le mien) se confondent *à peu près* jusqu'au parc de Chaville, sur les trois quarts du trajet total. » — *A peu près ?* Ils ne sont donc pas les mêmes ! En effet, ils se quittent près de Vanvres, comme je l'ai dit, et à partir de ce point la moindre déviation est d'une grande importance, comme je l'ai dit encore. Par exemple, une déviation de 50 à 60 mètres non loin de Vanvres, a exigé un remblai de 800 mètres de long sur 8 mètres de hauteur ; à Bellevue, le tracé, reporté à 100 mètres, a nécessité une tranchée de 7 à 8 mètres de profondeur, etc. Vous avouez une déviation de 150 mètres au haras de Viroflay, de 100 mètres à Bellevue, et de 1500 mètres au-delà de Viroflay ; c'est beaucoup plus qu'il ne fallait pour changer tout dans les travaux. Ainsi c'est mon allégation qui est exacte et votre dénégation qui ne l'est point.

3° Vous ne vous êtes *rapprochés de 150 mètres du côteau dans le haras de Viroflay que pour diminuer considérablement les remblais.* — La pente du côteau étant très douce, cette déviation n'a procuré qu'une insignifiante diminution de remblais, mais vous avez substitué des courbes à des droites, et en somme vous avez augmenté la dépense, car le remblai qui a environ 15 mètres de hauteur dans le parc de Chaville, se se trouvant ainsi rapproché du château, lui ôte la vue et le sépare de plus des trois quarts de son parc ; l'indemnité a dû croître en raison de ce double dommage.

La même observation s'applique au haras de Viroflay.

« La distance de séparation des deux tracés n'excède pas 500 mètres au-delà de Viroflay. » — Oui, si vous parlez de mon tracé par l'avenue de Paris ; mais cette distance est bien, comme je l'ai dit, plus considérable entre votre tracé et mon tracé passant par la porte de Buc, approuvé par le conseil municipal de Versailles, par le conseil général des ponts et chaussées, et de plus prescrit par le cahier des charges ; c'est donc mon allégation qui est exacte.

4° La carte que vous annonciez avoir *déposée au bureau du journal* et sur laquelle seraient *indiqués les deux tracés,* ne prouve rien : d'abord on a pu l'arranger comme on l'a voulu, soit en combinant à plaisir des fractions de mes divers tracés au nombre de 9, soit autrement, et si votre carte est d'accord avec votre réponse, je suis autorisé à la croire inexacte de tous points. Ensuite ce n'était pas cette carte, c'étaient les profils des deux tracés qui pouvaient seuls indiquer la différence des travaux et par conséquent des dépenses.

5° Vous ne niez point que mon tracé n'obligeait pas, comme le vôtre, à construire le remblai (7 à 800 mètres de long, de 4 à 13 mètres de haut) du clos de Montholon ; mais vous prétendez que « il y avait *économie, à raison des distances,* à porter dans le clos de Montholon une *partie* des déblais de la grande tranchée de Clamart qui touche à cette propriété ».

Pour avoir un terme moyen, il faut calculer les distances à partir de la partie la plus profonde (17 mètres) de cette tranchée de Clamart, parce que là se trouve la plus grande masse du déblai. Or, la distance de ce point au clos de Montholon est d'environ 1,600 mètres, la distance au val de Fleury n'est que de 600. C'était donc, non pas comme vous l'affirmez, au clos de Montholon, mais au val de Fleury, comme le demandait mon tracé, qu'*il y avait économie à raison des distances,* à porter les déblais de la grande tranchée de Clamart. De votre aveu, votre remblai du clos de Montholon n'emploie qu'une partie des déblais de cette tranchée ; la totalité de ces déblais formant 380,000 mètres cubes, joints à une partie de ceux de la tranchée de Meudon, formant de leur côté 157,000 mètres, ensemble 537,000 mètres cubes, eût suffi pour le grand remblai du val de Fleury, formant 417,000 mètres cubes. Vous n'auriez pas eu des terrains à acheter pour déposer l'excédent de vos déblais à Clamart, non employé au remblai de Montholon ; vous n'auriez pas été obligé, comme vous l'affirmez hardiment un peu plus loin, *de recourir à des emprunts de terres dans des vignobles précieux,* puisque vous auriez en tout près de vous, dans les déblais de Clamart et de Meudon, plus de terre que n'en demandait le remblai; et vous auriez évité la ruineuse construction de ce viaduc qui ne trouve pas un seul défenseur. Jamais assertion plus inexacte a-t-elle voilé plus grandes fautes?

6° A Clamart, dites-vous, votre tranchée et la mienne sont égales, soit; pourquoi donc changer le tracé? Sur ce point, nul motif admissible; avant ce point, votre remblai de Montholon est une faute capitale, et après ce point, mon tracé est encore préférable, puisqu'il traversait le val de Fleury sur un point moins profond de 3 à 4 mètres, puisqu'il exigeait une courbe de moins, puisque, de votre aveu, ma tranchée de Meudon est moins profonde que la vôtre. Vous auriez pu ajouter que ma tranchée de Meudon était suivie d'un remblai offrant un emplacement tout prêt pour la partie des déblais de cette tranchée, qui n'aurait pas son emploi dans le grand remblai du val de Fleury.

Vous ajoutez, il est vrai, qu'à Sèvres la hauteur de ma tranchée excède d'environ 2 mètres la hauteur de la vôtre. Supposant cette assertion exacte, un pareil avantage pourrait-il balancer un instant les fautes et les pertes d'argent résultant de la substitution de votre tracé au mien, ne fût-ce que depuis le clos de Montholon jusqu'à Meudon? Vous avez dit en commençant que *les deux tracés se confondent à peu près jusqu'au parc de Chaville*. Or, Sèvres est sur cette partie antérieure au parc de Chaville et où les deux tracés *se confondent à peu près*; comment donc la hauteur de ma tranchée de Sèvres excède-t-elle d'environ 2 mètres la hauteur de la vôtre? ou comment les deux tracés se confondent-ils *à peu près*? Expliquez-nous cet *à peu près*. Votre tracé serpente quand le mien va en ligne droite. Du val de Fleury jusqu'à Bellevue, vous êtes toujours en tranchées de 3 mètres 50 cent. à 4 mètres plus profondes que les miennes, tandis que je chemine alternativement en tranchées et en remblais, ce qui procure un emploi successif des déblais et diminue à la fois les difficultés et les dépenses.

7° J'avais dit : A Bellevue je traversais à zéro la route de Meudon, et vous observez que mes profils indiquent sur ce point un déblai de 3 mètres 55 cent. de profondeur. Ceci demande une explication.

La route de Meudon gravit un coteau qui finit en s'abaissant à l'entrée de la grande rue de Bellevue. C'est tout près de ce point que mon tracé coupe la route. Cette tranchée n'a pas 50 mètres de long, et sa plus grande hauteur n'est que de 3 mètres 55 centimètres; je pourrais en relevant un peu la route la passer sous un pont; je pourrais aussi, en abaissant un peu la route, la passer à zéro; car, bien que je n'aie plus les profils sous les yeux, je crois me souvenir que la tranchée de 3 mètres 55 centimètres n'est pas à la route même, mais à la petite butte qui la précède. Sous le rapport de l'art, ici, je n'ai certainement pas exagéré le mérite de mon tracé ; mais le vôtre coupe le même coteau dans un endroit où il est beaucoup plus large et plus élevé; votre tranchée aura sur ce point 8 mètres de profondeur ; elle se continue sans interruption depuis le val de Fleury, tandis que mon tracé depuis le val de Fleury est partie en tranchée et partie en remblai. Vous aurez forcément à construire un pont sous la route de Meudon, et ce pont, que je pourrais éviter, aura plus de 30 mètres, mesuré de tête en tête, largeur équivalente à celle de trois ponts ordinaires.

8° Mon tracé, avais-je dit, se portait en droite ligne de Viroflay sur la porte de Buc, et entrait dans Versailles par l'avenue de Sceaux. Vous demandez *s'il existe un projet de M. Corréard passant par la porte de Buc avec la condition de pente imposée par le cahier des charges*; et vous répondez : Non, et nous allons le prouver. Ce que vous faites en citant un écrit que j'ai publié en 1836. « D'après cet écrit, ajoutez-vous, le chemin de fer devait entrer à Versailles en suivant l'avenue de Paris à partir du rond-point jusqu'à la place d'Armes. C'était là son (mon) projet, c'est celui qu'il estime 3,800,000 fr. Il parle, il est vrai, de modifications...... au nombre desquelles se trouverait une ligne dirigée sur la porte de Buc. Mais ces changements...... constitueraient un projet essentiellement différent de celui qui a été imposé par l'administration supérieure. »

L'écrit que vous citez a été rédigé en 1835 et a paru en 1836; c'est après cette publication qu'a eu lieu le concours. Comme je n'ai pas la prétention de réussir du premier coup en tout ce que je fais, j'ai étudié neuf directions, et présenté au concours neuf projets différents, portant chacun un numéro; l'écrit dont il s'agit s'occupe particulièrement du n° 2, celui où le tracé entre à Versailles par l'avenue de Paris. Sous le rapport de l'art, c'était le meilleur à mon sens, et la brochure précitée, et surtout mon mémoire descriptif, et mes mé-

moires manuscrits présentés à l'appui de mon projet, mémoires qui vous ont tous été remis par le gouvernement, et que vous devriez citer plutôt que ma brochure, ont pour but principal d'établir la supériorité de ce
projet n° 2, et le conseil général des ponts-et-chaussées en a jugé comme moi; mais la liste civile et le conseil
municipal de Versailles s'opposant à ce que le chemin de fer entrât dans cette ville par l'avenue de Paris, j'ai,
pendant le concours, soumis à l'administration le tracé d'une entrée par la porte de Buc. Cette nouvelle entrée
par la porte de Buc se raccorde à Chaville avec le tracé n° 2, et constitue avec le reste de ce tracé jusqu'à Paris,
le projet de chemin spécial de Paris à Versailles portant le n° 2; cette nouvelle entrée, substituée à la première,
a été approuvée par le conseil municipal de Versailles et par la liste civile, et adoptée par l'administration des
ponts-et-chaussées, qui vous l'a imposée par le cahier des charges : vous n'avez donc pas lu votre cahier des
charges? et vous avez lu ma brochure! Non, tout singulier que cela puisse être, vous n'avez pas lu votre cahier
des charges, puisqu'il vous impose l'exécution d'une ligne dont vous niez l'existence. A la vérité, vous parlez
de *condition de pente* imposée par le même cahier des charges ; mais en vous imposant ces conditions de pente,
comment l'administration aurait-elle pu en même temps vous imposer un tracé qui ne remplirait pas ces conditions de pente? Et lorsqu'il s'agit simplement d'une portion de ligne de Chaville à Versailles, comment venez-
vous nous parler des boulevards du Montparnasse et du Maine traversés à zéro, d'un souterrain de 1,000 mètres
à Clamart; de pentes de 5 millimètres, etc.; toutes choses qui se rapportent à des tracés différents du n° 2,
sur lesquels votre compagnie n'avait aucun droit, mais qu'elle s'est appropriés, et que je n'avais présentés au
concours que dans le but de montrer l'inconvénient des autres directions, afin de mieux montrer les avantages de celle du n° 2. Vous établissez à dessein une confusion qui vous sert, entre tous mes projets, et votre
carte déposée au bureau du journal doit présenter le même vice, ou vous n'êtes pas conséquents.

9° Parmi les pièces de mon projet, vous n'avez pas trouvé de profil de la partie du chemin passant par la porte
de Buc. Puisque cette modification vous était imposée par le cahier des charges, pourquoi n'en avez-vous pas
demandé le profil? Il existe, on vous l'aurait du moins laissé copier.

Vous avez dû étudier cette direction, et le résultat de vos études en a démontré les inconvénients. Ce sont,
dites-vous, 1° une tranchée d'un volume de près de 500,000 mètres cubes: cela est difficile à croire; les grandes
tranchées de Clamart et de Meudon n'offrent ensemble que 537,000 mètres cubes, et mes études à moi ne
m'ont présenté rien de pareil; 2° *une galerie souterraine de 160 mètres de longueur dans un terrain de remblai
sous des étangs.* Dans mon tracé, cette galerie n'est qu'un simple passage d'environ 120 mètres , non sous des
étangs, mais sous l'un des réservoirs du Parc-aux-Cerfs, réservoirs en relief dont le plafond est assis à la surface du sol, et le chemin passe à 14 ou 15 mètres en contrebas; 3° *la destruction d'un réservoir qui alimente
une partie de la ville.* Dans mon tracé, ce réservoir n'est qu'un abreuvoir, et mon tracé ne le touchait même
pas; 4° enfin de *belles propriétés traversées et la destruction d'un grand nombre de maisons importantes.* Mon
tracé n'exigeait rien de semblable.

Il faut ou que le conseil municipal de Versailles et l'administration supérieure soient très ennemis de la
ville, ou qu'ils aient eu d'étranges distractions lorsqu'ils ont adopté et imposé mon tracé, ou que vous ayez
fait de bien singulières études, pour que sur ces études on ait repoussé un tracé prescrit par le cahier des
charges.

Je disais : mon tracé n'exigeait que 3 ponts entre Virollay et Versailles, et vous ne dites pas le contraire;
mais j'ajoutais que dans le même espace vous en auriez 11; vous avez en effet à traverser le canal de Porché-
Fontaine, l'avenue de Porché-Fontaine, le chemin du parc de madame Bosc, les rues de la Patte-d'Oie, de
Vergennes, des Tuyaux, de Noailles, Saint-Martin, des Chantiers, de Limoges et de la Mairie. Cependant vous
soutenez n'avoir que 4 ponts, savoir : celui de l'avenue de Virollay, que je ne comptais pas, et ceux du chemin
de Porché-Fontaine et des rues de Vergennes et des Tuyaux. Comment vous évitez ceux du canal de Porché-
Fontaine, du chemin du parc de madame Bosc, de la route de la Patte-d'Oie, et de la rue de la Mairie, vous
ne le dites point, et vous auriez du le dire. Mais vous annoncez que vous éviterez ceux des rues de Noailles,
Saint-Martin, des Chantiers et de Limoges, en pratiquant une *galerie souterraine de 275 mètres de longueur,*
commençant à la rue de Noailles, et s'arrêtant à celle de Limoges. De sorte que pour éviter 4 ponts sur des

rues, vous en faites un de 275 mètres de largeur sous ces rues. Donnez-vous cela pour une économie ? Tout à l'heure, au sujet de votre direction par la porte du Buc, vous citiez comme un inconvénient capital une galerie souterraine de 160 mètres de longueur ; maintenant qu'il s'agit de justifier votre tracé par la vallée de Porché-Fontaine, une galerie souterraine de 275 mètres de longueur vous semble une chose toute naturelle, et c'est vous qui m'accusez de légèreté ! Cette galerie de 275 mètres pour racheter 4 ponts, n'est que l'application de l'idée burlesque de ce rieur, qui proposait de voûter la Seine dans toute l'étendue de Paris, afin de n'avoir qu'un seul pont. Mais ici comme en tous les points précédents, l'exactitude est de mon côté, ce sont vos assertions qui sont inexactes.

L'ingénieur de la compagnie du chemin de fer de Paris à Bordeaux par Chartres et Tours, rue Jean-Goujon, n° 4.

A. CORRÉARD.

Suite de la réponse à la réplique de MM. Payen et Perdonnet, ingénieurs du Chemin de Fer de Paris à Versailles, rive gauche.

10°. — *La longueur du remblai de Porché-Fontaine, évaluée par moi à 3/4 de lieue, n'aura, selon vous, que* 1,645 *mètres de développement.* — Il commence au chemin allant de Viroflay au Grand-Montreuil, et finit près de la rue de Vergennes, distance de 2,500 mètres ; 1 lieue à 4,000 mètres dont les 3/4 sont 3,000 mètres ; ainsi mon évaluation est trop forte de 500 mètres, la vôtre trop faible de 858 mètres. Êtes-vous ici plus exacts que moi, vous qui avez pourtant toutes les pièces sous les yeux ? Mais le cube de votre remblai de Porché-Fontaine n'en reste pas moins le même ; il se compose toujours de 194,356 mètres, qui, au prix de 2 fr. 50 cent. le mètre cube, occasionneront une dépense de 485,890 fr., et cela pour avoir quitté mon tracé si judicieusement.

11°. — J'avais dit : le tracé exécuté nécessite dans toute la traversée de la ville (Versailles) d'énormes murs de soutenement dont la plus grande hauteur atteindra 15 à 16 mètres. — Vous répondez : « La hauteur des « murs de soutenement dont il (moi) porte *gratuitement* l'élévation à 15 et 16 mètres, *ne peut pas dépasser* « *12 mètres 70 cent.*, et elle sera descendue à 11 mètres au moyen d'un petit écrêtement du terrain. Cette « dimension serait même réduite à 8 mètres en prolongeant de 100 mètres la partie souterraine. »

Vous avez soin de souligner le mot *gratuitement* pour mieux montrer ma déloyauté, et les mots : *ne peut pas dépasser* 12 *mètres 70 cent.*, pour qu'on remarque bien que je suis déloyal jusqu'à l'absurdité.

Assurément les personnes peu habituées à ces matières et celles qui lisent en courant, c'est-à-dire la grande masse des lecteurs et de vos actionnaires, trompées par l'artifice de vos paroles, ne manqueraient pas de me condamner et de vous absoudre, si je ne pouvais répondre ; déjà des journaux qui vous ont ouvert leurs colonnes pour m'attaquer, me les ont obstinément fermées quand j'ai voulu me défendre ; il est bon de dire cela au public en passant, afin qu'on sache comment une questions de chemins de fer, au lieu d'être débattues librement, sont faussées ou étouffées au détriment du public et des actionnaires, et au profit d'une poignée d'individus favorisés. Vous espériez que *le Bon Sens* ne me permettrait pas non plus de vous réfuter. Il ne fallait pas moins que cet espoir, cette conviction d'avoir seuls la parole, pour vous enhardir à risquer ces dernières assertions, que vous ne pourriez répéter devant des ingénieurs sans rire ou sans rougir.

Si la tranchée était continue, aurait-elle, oui ou non, 15 et 16 mètres dans sa plus grande profondeur ? Je dis que oui, les profils et les chiffres disent oui comme moi. Vous n'avez pas dit : Non ; vous ne pouvez pas dire non. Mon assertion est donc justifiée. Que signifient alors votre *gratuitement* souligné, votre *ne peut pas dépasser* également souligné ? — Cependant vos murs n'ont, dites-vous, que 12 mètres 70 cent. de hauteur ; mais vous avez une *galerie souterraine*, puisque vous parlez de la prolonger. Ce souterrain est sans doute dans une partie où la profondeur de la tranchée eût excédé 12 mètres 70 cent. ; ainsi vous n'évitez les murs de 15 et 16 mètres de hauteur qu'en substituant un souterrain à cette partie de la tranchée. Croyez-vous que la compagnie et le chemin y gagnent beaucoup? croyez-vous qu'il y avait avantage pour ma cause à vous reprocher la hauteur de ces murs plutôt que les inconvénients de votre souterrain dans un chemin de promeneurs et de promeneuses?

Vous dites bien que votre écrètement réduira de 12 mètres 70 cent. à 11 mètres la hauteur de vos murs, mais vous ne dites pas ce qu'il vous coûtera. En diminuant les dépenses de maçonnerie, vous augmentez les frais d'acquisition de terrains, et au prix exorbitant déclaré en bloc (1,142,000 fr. pour la seule traverse de Versailles), mais non détaillé dans votre compte-rendu, quoique certes la chose en valût bien la peine, cette prétendue économie pourrait en définitive augmenter la dépense.

Malgré votre souterrain, vos murs auraient encore de votre propre aveu 12 m. 70 c.; j'avais dit 15 et 16 m., ainsi c'est pour les réduire de 2 m. 30 c. ou de 3 m. 30 c. seulement que vous convertissez la tranchée en souterrain! L'expédient est curieux. La tranchée mettait les voyageurs comme dans une boîte; et afin de rendre le voyage plus piquant, vous fermez le couvercle de cette boîte en jetant sur la tranchée une voûte de 275 m. que vous êtes même tentés de prolonger encore de 100 m. — Mais les jours de grande affluence, il faudra placer beaucoup de voyageurs et de voyageuses dans des charabans, et à moins que vous n'ayez inventé quelque bon moyen, inconnu jusqu'ici, de prévenir le suintement des voûtes, que deviendront les toilettes? bonne affaire pour les marchandes de modes, si cet inconvénient, joint aux ténèbres de votre souterrain enfumé, n'empêche pas les dames de s'aventurer sur votre chemin.

Vous m'opposez un de mes projets passant par la vallée de Porché-Fontaine, et présentant dans Versailles des murs de soutènement de 13 m. 50 c., et vous concluez qu'en vous reprochant vos murs de 15 et 16 m., je tombe dans une *contradiction que ne saurait justifier le besoin de se défendre.*

Vous avouez donc que je me défendais, j'étais donc attaqué, je prends acte de cet aveu.

Je serais en contradiction avec moi-même si, ayant proposé un projet avec des murs de soutènement, j'avais dit ensuite : il n'en faut jamais. Où ai-je dit cela ? — Mais j'ai eu cent fois raison de vous dire : mon tracé par la route de Buc vous dispensait de ces murs de 15 et 16 m. de hauteur.

On verra, dans le n° 13, pourquoi mon projet, par la vallée de Porché-Fontaine, présentait des murs de soutènement de 13 m. 50 c.

12° — Mes *nombreux* projets prouvent, non pas comme il vous plaît de le dire en courant, des *idées toujours mal arrêtées*, mais le désir de bien faire, et l'étude consciencieuse des diverses directions afin de trouver la meilleure, et de la montrer comme telle à l'autorité compétente. Or, cette meilleure direction, j'avais eu le bonheur de la trouver (mon tracé n° 2 avec l'entrée par la porte de Buc) ; on vous l'avait imposée, vous avez eu le talent d'étudier à votre tour l'entrée par la porte de Buc, de manière à la faire rejeter, parce que, dit-on, en conduisant le chemin par la vallée de Porché-Fontaine, vous aviez l'*idée bien arrêtée*, toutes les vôtres le sont sans doute, de forcer le chemin de la rive droite à s'embrancher sur vous près du Bas-Chaville. Malheureusement vous avez eu affaire à plus habiles que vous.

13° — Je trouvais, dites-vous, la direction par la vallée de Porché-Fontaine *préférable* à celle par l'avenue de Paris. Pour me confondre par mes propres déclarations, vous citez encore mon mémoire de 1835 imprimé en 1836, et vous avez la malice de souligner dans cette citation les mots suivants : *Pour nous, il nous est à peu près indifférent que l'on adopte l'une ou l'autre.* Ainsi dans votre langue, *à peu près indifférent* et *préférable* sont tout à fait synonymes. A la bonne heure !

Il est vrai que vous soulignez aussi ces autres mots : *Les frais de premier établissement seraient de beaucoup réduits.* — Oui, ils seraient moindres avec mon entrée suivant la vallée de Porché-Fontaine, qui d'ailleurs diffère en tous points de la vôtre, qu'avec mon entrée suivant l'avenue de Paris; mais où ai-je dit qu'ils seraient moindres qu'avec mon entrée par la porte de Buc qui vous était imposée ? — Vous observez que c'est au chemin entrant à Versailles par l'avenue de Paris, que se rapporte mon devis de 3,800,000 f., et je vous remercie de cette remarque dont je me servirai plus tard ; mais ai-je dit que ces frais seraient moindres quand même ce serait vous qui exécuteriez, et quand ce serait votre compagnie qui achèterait les terrains même dans Versailles? Jamais je n'ai dit cela.

J'ai dit que malgré des murs de soutenement de 13 m. 50 c. de hauteur, mon projet par la vallée de Porché-Fontaine, coûterait moins que mon projet par l'avenue de Paris ; mais la réduction de dépense que présente le premier de ces deux projets, vient de ce qu'il offre sur une distance de 1,300 m. dans Paris, une augmentation de pente de 6 mill. par m., ce qui permet de réduire la hauteur des arcades en bois (sur un parcours de 600 m.) de 7 m. 80 c. Cette hauteur qui dans le projet par l'avenue de Paris était de 13 m. 35 c. n'était plus dans le projet par la vallée de Porché-Fontaine que de 5 m. 55 c. et puisque vous avez si bien lu ma brochure où cela est si formellement expliqué, ainsi que la réduction considérable des remblais, pourquoi le dissimulez-vous ? (1).

14. — Mon tracé, avais-je dit, se porte, en droite ligne, de Viroflay sur la porte de Buc, selon vous, *cette partie au contraire ne contient pas de ligne droite...*

(1) Voici le texte du passage dont mes adversaires ont fait un si habile usage.

Changements qu'on peut faire subir au tracé qui précède et qui auraient pour but de réduire les frais de premier établissement.

« Les principaux changements qu'on pourrait faire subir à ce tracé consisteraient : 1° à augmenter la pente de 6 mill. par mètre sur une distance de 4,800 m., c'est-à-dire depuis la Croix-Rouge jusqu'à la barrière du Maine ; sur ce point seraient construits des magasins de la compagnie et c'est de là que partiraient les convois de marchandises : les voyageurs seuls avec leurs effets partiraient de la Croix-Rouge. Cette augmentation de pentes permettrait de réduire la hauteur des arcades en bois de 7 m. 80 c. ce qui fixerait définitivement leur hauteur, au-dessus du sol de la cour des bâtiments de l'administration à 5 m. 55 c. et cette élévation serait tout-à-fait suffisante pour permettre de passer au-dessus des rues traversées par le chemin de fer. Si cette dernière combinaison était adoptée par le Conseil général des ponts-et-chaussées, l'auteur est tout disposé à s'y conformer ; 2° dans une modification du tracé, en augmentant le nombre de courbes et dans une nouvelle combinaison de celles existantes dont on diminuerait le rayon qui serait néanmoins au minimum de 1,000 m. Ces modifications auraient lieu seulement à partir de Doisu jusqu'à Versailles. Le tracé serait moins direct et moins beau, mais il permettrait de réduire d'une manière assez notable les travaux de terrassement : par exemple, le remblai du val de Doisu serait réduit de 6 à 7 m. dans sa plus grande hauteur ; la coupure de la partie du du bois de Meudon, comprise entre le chemin des gardes et le chemin de Chaville au Bas-Chaville, serait également réduite de 8 à 9 m. dans sa plus grande profondeur ; le remblai des parcs de M. Bonneville et de M. Rieussec serait également réduit de 2 à 3 m. ; la tranchée située au-dessous du village de Viroflay serait aussi de 6 à 7 m. Mais il faut en convenir, ce tracé serait loin d'être aussi bien que celui auquel nous avons donné la préférence. Il est utile de faire remarquer ici que, dans le cas où l'on réduirait les tranchées d'une manière notable il serait indispensable d'emprunter des terres pour l'exécution des remblais qui ne se trouveraient pas suffisamment réduits, d'après ces modifications, pour que les déblais puissent suffire à cet objet ; 3° d'après ma nouvelle modification, en reprenant, à partir de Viroflay jusqu'à Versailles, le premier tracé sur la rive droite de la Seine, il serait seulement modifié en ce sens que la pente étant réduite de 7 1/2 mil à 4 mill. par m., le chemin qui était construit, dans le premier cas, en tranchées, à partir du rond-point de l'avenue de Paris jusqu'à l'hôtel de la Chancellerie, le serait d'après le nouveau tracé avec des pentes de 4 mill. d'abord en remblais, à partir du rond-point jusqu'à la route de la Patte-d'Oie, qui aurait 4 m. dans sa plus grande hauteur, et ensuite de la route de la Patte-d'Oie en déblais. À son arrivée à la rue de Vergennes, le déblai n'aurait pas moins de 6 m. 58 cent. de hauteur, ce qui permettrait de passer facilement au-dessous de cette rue sans déranger en aucune manière le niveau du pavé. À la rue des Tuyaux la tranchée serait déjà de 9 m. ; à la rue de Noailles elle aurait 12 m. ; à la rue des Chantiers, point maximum, cette tranchée serait de 13 m. 50 c. ; et enfin à la rue de la Mairie elle serait réduite à 5 m. et se terminerait à zéro à son point d'arrivée à tué à l'angle formé par la rue de Graville et la rue de la Chancellerie. Depuis la rue de Vergennes jusqu'à la rue de la Chancellerie, le chemin serait construit à ciel ouvert et les terres seraient soutenues par des murs construits en moellon et en mortier de chaux hydraulique ; des ponts seraient établis sur les axes des rues traversées.

Il résulterait de ces diverses modifications ; 1° que les frais du premier établissement seraient de beaucoup réduits ; 2° que l'avenue de Paris ainsi que la place d'Armes seraient conservées intactes ; 3° enfin que le chemin ne serait encaissé que sur une longueur de 600 m. environ, au lieu qu'il le serait de plus de 1,500 m. en suivant l'avenue de Paris. C'est aux autorités et aux habitants de la ville de Versailles qu'il appartient de se prononcer à ce sujet entre l'arrivée par l'avenue de Paris et celle par la petite vallée de Porché-Fontaine ; pour nous il nous est à peu près indifférent que l'on adopte une ou l'autre de ces deux combinaisons.

Avant l'adjudication (mais après le concours), donc après la construction de la carte que vous m'opposez un peu plus bas, j'ai, sur la demande de l'administration des ponts et chaussées, étudié et remis à cette administration une variante s'adaptant à mon projet n° 2, et allant de Viroflay à Versailles par la porte de Buc et l'avenue de Sceaux, à travers des terrains de peu de valeur. Cette variante, approuvée par le conseil général des ponts et chaussées, est devenue partie intégrante de mon projet n° 2 qui vous a été adjugé; c'est celle qui vous est imposée par le cahier des charges, elle n'a qu'une petite courbe vers la porte de Buc, tout le reste en est rectiligne. Mais cette variante postérieure à la construction de ma carte ne pouvait y figurer; vous y trouvez et vous prenez une entrée par la porte de Buc appartenant à mon projet n° 9, celle-là est effectivement en grande partie composée de courbes, mais ce n'est pas celle-là que vous êtes en droit de m'objecter, puisqu'elle appartient à un projet écarté.

15. — J'ai avancé que mon tracé a 1/3 en lignes courbes et 2/3 en lignes droites et que le vôtre a 2/3 en courbes et 1/3 en droites. Vous soutenez que mon tracé a 1000 m. de plus en courbes qu'en droites, tandis que le vôtre a 200 m. de plus en droites qu'en courbes. — D'abord pour la partie entre Viroflay et Versailles vous substituez un tracé presque tout en courbes à un tracé presque entièrement rectiligne que je dois rétablir, et voilà des chiffres dont l'exactitude défie toutes vos dénégations : depuis la Croix-Rouge jusqu'à Versailles, mon tracé n° 2 avec son entrée presque rectiligne par l'avenue de Paris, présente un parcours de 18,020 m. dont le 1/3 est 6,006 m. 67 c.; eh bien ! ce parcours total offre seulement 6,587 m. 90 c. en courbes et 11,432 m. 10 c. en lignes droites; étais-je bien loin de la vérité? ai-je, comme vous le soutenez, 1,000 m. de plus en courbes qu'en droites? ce qui mènerait à cette singulière équation 6,587 m. 90 c. — 11,432 m. 10 c. = 1,000 m.— Au moyen de ma carte où figurent l'entrée curviligne de mon projet n° 9 et mes 9 tracés, vous avez pu multiplier les courbes presqu'à votre gré.

De la barrière du Maine à Versailles vous avez 8,532 m. 84 c. de courbes et seulement 8,355 m. 95 c. de droites. Cependant vous affirmez avoir 200 m. de plus en droites qu'en courbes, d'où il suit encore que dans votre arithmétique 8,355 m. 95 c. — 8,532 m. 84 c. = 200 m.

Ainsi, relativement à mon parcours, mon assertion, qu'évidemment tout le monde devait regarder comme une évaluation purement approximative, est assez près de la vérité; relativement à votre tracé, elle est beaucoup moins exacte; mais je n'avais plus mes plans, je n'ai jamais vu les vôtres. — Votre assertion au contraire, et quoique vous ayez à la fois entre les mains et mes plans et les vôtres, est, relativement à votre tracé et au mien, en sens inverse de la vérité, et je puis dire ici de vous, mais avec justesse, ce qu'un peu plus loin vous dites de moi sans aucun fondement : *cette méprise, relative à votre tracé, paraîtra d'autant plus singulière qu'il s'agit de votre propre travail.*

Faut-il comparer les totaux de nos courbes : vous en avez en tout 8,532 m. 84 c., j'en ai 6,587 m. 90 c.; vous en avez donc 1,944 m. 94 c. de plus que moi; vos paroles indiquaient un résultat tout contraire. Encore je compte la totalité de mon parcours jusqu'à la Croix-Rouge (18,020 m.) et le vôtre seulement jusqu'à la barrière du Maine (16,888 m. 79 c.). — Vous avez de tout point gâté mon tracé.

16. — Nous voici au val de Fleury, à ce monumental viaduc que vous vous efforcez de justifier, et dont j'avais porté la dépense à 2,500,000 fr. Vous assurez que, fidèle à mon *système d'exagération*, j'augmente ici d'un million le chiffre de l'estimation la plus élevée qu'on puisse faire de cet ouvrage. — Chose assez remarquable, vous vous en tenez à cette expression très-vague, au lieu de donner le chiffre exact de votre propre évaluation. Ce qui indiquerait que tout en appuyant sur la prétendue inexactitude de mes devis, vous n'êtes pas très-sûrs de l'exactitude du vôtre, même pour cet ouvrage spécial, qui n'est déjà que trop avancé, ou plutôt il paraît que vous exécutez vos travaux sur une simple série de prix arrêtés, mais sans avoir dressé le devis total des dépenses de construction de l'édifice, en vous réservant peut-être de dresser ce devis après coup.

Jusqu'ici, dans cette discussion, rien, que je sache, ne vous autorise à me reprocher un *système d'exagération.* Mais quoi ! il y a dix-huit mois, vous estimiez à 8 millions, 10 millions au plus, la dépense totale de vos quatre lieues de chemin ; à présent vous déclarez déjà qu'il vous faudra de 15 à 16 millions; chacun prévoit qu'il vous en faudra au moins 20, et après cela vous voulez qu'on croie sur votre parole que votre viaduc coûtera au plus 1 million et demi? *pourquoi ne vous tromperiez-vous pas de 100 p. 0/0 pour ce viaduc comme pour le reste de votre chemin ?* il coûtera donc, non pas 1 million et demi, comme vous le dites, non pas 2 millions et demi, comme je le disais, mais 3 millions. Et si vous n'aviez pas un viaduc coûtant 3 millions, comme vous avez dans Versailles une languette de terre coûtant 1,142,000 fr. comment serait-il possible d'expliquer l'emploi de tous les millions demandés pour ces quatre lieues de chemin? Tâchez seulement qu'un jour un nouveau compte-rendu ne vienne pas attester que, malgré mon prétendu *système d'exagération*, j'avais évalué trop bas la dépense totale du viaduc.

17° — Oui, un de mes profils, mais non pas un de ceux appartenant à mon projet n° 2, qui vous était seul imposé, un de mes profils présente, dans le val de Fleury, un viaduc de je ne sais combien d'arcades ; mais non pas comme le vôtre, de deux ou trois rangs d'arcades, parce que j'avais eu le soin d'éviter le fond du vallon où vous vous jetez en ingénieurs expérimentés, et de me tenir dans une direction plus élevée ; vous avez l'air de conclure de là que, peut-être, je n'aurais point franchi, sur un remblai, le val de Fleury. — Si j'hésitais à préférer un remblai à un viaduc, pourquoi le viaduc n'est-il indiqué que sur un seul de mes profils, lorsque j'ai fait les profils de neuf projets ? Pourquoi aucun de mes mémoires manuscrits et imprimés ne parle-t-il de ce viaduc ? J'étais donc décidé en faveur du remblai ; et voici pourquoi un de mes profils, un seul, indique un viaduc.

La commission, présidée par M. l'inspecteur-général Cavenne, m'ayant demandé un travail spécial pour montrer si j'avais tort ou raison de vouloir traverser le val de Fleury sur un remblai plutôt que sur un viaduc, j'ai repris un de mes profils pour y dessiner le viaduc dont j'allais faire l'étude. J'ai rapporté à la commission ce profil avec mon travail, consistant en un grand plan avec élévation, coupe et devis ; et la commission a reconnu, comme moi, que *« il y aurait folie à préférer un viaduc*, lorsque la terre provenant des « tranchées de Clamart et de Meudon était là, sous la main, pour exécuter le remblai, et qu'on serait embar- « rasé de ces deux masses de terre, formant ensemble près de 500,000 mètres cubes, si on ne les employait « pas à construire le remblai. »

Supposez même, contre l'évidence, que l'exécution du remblai et du viaduc coûtassent le même prix, le remblai épargnerait du moins les frais d'acquisition de terrain pour déposer ces 500,000 mètres de terre ; et moi qui, n'étant pas *expérimenté* à votre manière, tiens beaucoup moins au monumental hors de saison qu'au nécessaire et à l'économie, je n'étais pas homme à négliger une économie si simple et en même temps assez considérable. Ainsi la création du viaduc du val de Fleury vous appartient tout entière et reste à votre charge.

18° — Vous parlez *d'un remblai de 36 mètres de hauteur, rideau interposé entre Paris, la vallée de la Seine et Meudon, qui eût été pour ce bourg et les nombreuses habitations de Plaisance, situées dans le val de Fleury, un dommage inappréciable.* — Ce remblai, substitué à votre viaduc et construit au même endroit, aurait eu effectivement 36 mètres de hauteur, comme votre viaduc ; mais, en conservant la direction de mon tracé, traversant en courbe le val de Fleury et se dirigeant par des points plus élevés de 4 mètres, ce remblai n'aurait eu que 32 mètres, et ces 4 mètres de moins doivent se prendre à la base inférieure, car la base supérieure a une largeur fixe. Voyez combien de mètres cubes mon remblai aurait eu de moins que le vôtre : calculez sur votre prix de 2 fr. 56 cent. le mètre cube, quelle perte d'argent! C'était déjà un puissant motif, un motif de célérité et d'économie pour vous en tenir à mon tracé ; or, vous vous êtes empressés de le quitter.

A la vérité, le couronnement de mon remblai eût toujours été aussi haut que celui du vôtre, eût formé ce rideau que vous dites si dommageable *aux nombreuses habitations de Plaisance.* Or, il n'en eût gêné que trois, pas davantage, savoir : celles de madame la princesse de Rohan, de M. Duret et de M....., agent de change. Toutes les autres, bâties sur des points beaucoup plus élevés que le couronnement du chemin de fer, ne sauraient être masquées par le remblai.

Et croyez-vous, en conscience, que votre massif viaduc, dont les pleins égalent les vides, substitué à une partie (142 mètres) du remblai dont vous conservez les deux extrémités, composant ensemble une longueur de 413 mètres, ne forme pas aussi un *rideau*, ne *barre* pas aussi le *vallon ?* Vous ne prétendez pas, sans doute, que vos deux parties de remblai soient plus diaphanes que ne l'eût été le mien, par la seule raison que vous les avez adoptées et construites. Voilà donc deux bonnes parties du vallon *barrées* et deux *rideaux* tirés par vous *entre Paris, la vallée de la Seine et Meudon*; les *nombreuses* habitations de plaisance, qui ne sont que trois, auront, d'ailleurs, l'aspect du viaduc, s'il s'achève, et une vue très étendue à travers les ouvertures des arcades de ce viaduc, qui vient là comme les franges des deux rideaux; mais les pieds droits sont énormes, les pleins qui séparent les trois séries d'arcades ne sont pas minces, et vont, comme de raison, d'un bout à l'autre de l'ouvrage; les ouvertures des arcades sont étroites, les habitants des maisons asssez heureuses pour avoir une fenêtre, bien juste devant l'une de ces ouvertures, pourront voir au-delà du viaduc, comme par la fente d'un volet; les autres maisons ne verront rien du tout. Et vous donnez ce prétendu avantage pour un grave motif en faveur du viaduc contre le remblai! En vérité, il y a quelque chose de prodigieux!

19. — Voici qui a l'air plus grave. *La large base du remblai eût occupé plusieurs propriétés industrielles d'un prix très élevé.* — D'abord la base de mon remblai, moins haut, eût été moins large que celle du vôtre; mais quelles sont donc ces propriétés industrielles, dont le prix eût dépassé sans doute la différence des prix de constructions du remblai et du viaduc, puisqu'il a mieux valu ne pas les acheter et construire le viaduc que de les acheter et construire le remblai? Ces propriétés industrielles, *d'un prix très élevé*, se réduisent à quelques petites maisons de blanchisseuses dont le matériel, très portatif, consiste en perches et en baquets! Votre viaduc et vos deux parties de remblai ne vous ont pas d'ailleurs dispensé de les acheter presque toutes; dites-nous donc combien mon remblai aurait forcé d'en acheter de plus, et quelle serait la valeur totale de cet excédant. J'ai grand'peur que malgré son apparence de gravité, ce motif ne vaille pas même le précédent.

20. — Mais ce qui est plus fort, c'est cette prétendue obligation où *l'on aurait été pour établir le remblai de recourir à des emprunts de terre considérables dans les vignobles si précieux qui bordent le vallon.* J'ai répondu à cela en parlant de la tranchée de Clamart, j'ai montré que ces emprunts de terre étaient inutiles puisque les déblais de cette tranchée de Clamart joints à une partie de ceux de la tranchée de Meudon, suffisaient à la construction de ce grand remblai. Croyez-moi, ne parlez jamais de la *légèreté* ni de *l'inexpérience* de personne, on vous demanderait comment, malgré les indications de mon projet, vous n'avez pas seulement eu la vulgaire prévoyance de conserver, quand vous le pouviez avec avantage, les déblais de deux grandes tranchées aboutissant au val de Fleury pour construire le remblai de ce vallon; et qu'auriez-vous à répondre?

21. — Non le remblai *n'eût pas dispensé d'exécuter plusieurs ouvrages d'art pour assurer l'écoulement des eaux et maintenir les communications existantes*; mais votre viaduc ne pourrait dispenser de l'exécution de ces ouvrages que pour la partie du vallon qu'il traverse. Or là, précisément, il n'y en a qu'un, savoir la voûte pour donner passage au ruisseau de Fleury, qui recueille toutes les eaux pluviales; et encore le remblai de 4 m. de hauteur que vous construisez à la base de votre viaduc, vous oblige à faire cet ouvrage! Quels ouvrages d'art votre viaduc vous dispense-t-il donc d'exécuter? Vous parlez de mon assurance, moi je suis émerveillé de votre aplomb.

Au surplus, voici le prix qu'aurait coûté tout votre remblai : Terrain occupé, à 10,000 fr. l'hectare; pour 3 hectares 33 ares 15 centiares. . . . . 33,315 fr.

Pour trois petites maisons de blanchisseurs. . . . . 29,346 fr.

417,032 m. c. totalité du remblai, calculé sur 1 1/2 de base pour 1 de hauteur, à raison de 80 c. le m. c. . . . . 333,625 fr.

Pour 3 ponts, dont 1 doit servir à l'écoulement des eaux et au passage des piétons (ces ponts composés de deux pied-droits et d'une simple voûte, ne présentent aucune des difficultés des ouvrages hydrauliques). . . . . 103,714 fr.

Total. . . . . 500,000 fr.

En admettant votre évaluation pour votre viaduc, il coûtera 1,500,000 fr.

Il y avait donc une économie de 1,000,000 fr. à préférer le remblai, et vous avez préféré le viaduc!

3

22. — *Dans la situation de rivalité où se trouvait la compagnie, il fallait hâter les travaux, et la construction du remblai eût certainement exigé un délai plus long que l'établissement d'un viaduc.*

C'est ce que je nie. Vous aviez sous la main toutes les terres nécessaires, des wagons, des rails provisoires; vous pouviez achever en moins de 18 mois le remblai dont vous avez fait les deux bouts, et dont le cube s'élève à 177,754 m., et dont il ne restait à faire qu'une longueur de 142 m. cubant 239,278.

Ainsi c'est par motif d'économie que vous avez construit l'inutile remblai du clos de Monthólon, qui vous a coûté 595,000 fr., et qui vous a forcé à construire deux ponts de plus sur le chemin de Vanvres à Châtillon, et celui de la route de Clamart; c'est aussi par motif d'économie que vous avez construit la gare de Vanvres, en remblai, qui vous a coûté 245,000 fr.; c'est par le même motif de célérité et presque d'économie, que vous avez substitué un viaduc à un remblai dans le val de Fleury, et grâce à cette économie et à cette célérité, vous n'avez plus d'argent, et vos travaux restent inachevés!

23. — La conservation des parois du remblai vous paraît un problème insoluble, à moins d'énormes *dépenses d'exécution et d'entretien.*—Le moindre sapeur du génie sait à peu de frais assurer la surface des plus vastes talus, vous-mêmes vous avez fixé les parois de vos remblais de 20 m. de hauteur, en y semant du chiendent, et ce moyen que vous ont enseigné les écrits et la pratique de M. Thénard, ingénieur en chef des ponts-et-chaussées, est tout aussi bon, tout aussi économique pour une faible partie de remblai de 36 m. de hauteur. Le tassement qui ne vous étonne pas du tout, pour vos remblais de 20 m. à chaque extrémité de votre viaduc, ni pour vos remblais presque aussi élevés de Doïsu et de Chaville, ne vous alarme que pour la partie de remblai évitée par votre viaduc; mais tout ingénieur sait calculer le tassement et y pourvoir; et sans aller chercher jusqu'en Angleterre des exemples qui ne prouvent rien, voyez à deux pas de votre chemin, l'aqueduc de Buc, ouvrage de Vauban. Là, cet ingénieur, *expérimenté* peut-être, ne s'est nullement inquiété ni de la détérioration des parois, ni du tassement; il a construit d'abord un remblai de 25 m. de hauteur sur une longueur de 450 m., quoiqu'il travaillât, lui, pour le monarque fastueux à qui il fallait du grandiose, du monumental avant tout, tandis que vous travaillez, vous, pour une compagnie qui naturellement préfère l'économie afin d'arriver à un bénéfice; puis sur ce remblai il a bâti une série de 19 arcades de 11 m. d'ouverture et de 30 m. de hauteur, et ce monument, déjà éprouvé par le temps et l'usage, et dont l'élévation totale est de 55 m. n'a pas moins de simplicité que de solidité. Voulant à toute force construire un viaduc, voilà le modèle que vous deviez suivre: ou plutôt la solidité du remblai de Vauban devait vous faire préférer à votre viaduc un remblai qui n'aurait eu, et dans une partie seulement, que 11 m. de plus que celui de Vauban. — Dans leurs grands ouvrages en Bourgogne, M. Gauthay d'abord, et ensuite M. Vallé, ingénieurs en chef, n'ont pas hésité à *barrer* des vallées par de grands remblais. Vauban a *barré* la vallée de Saint-Hubert par des remblais de 20 et 25 m. de hauteur, qui forment les vastes étangs de ce nom. M. Vallé est même parvenu à construire pour ses barrages, des remblais où le *tassement* a été insensible. Faut-il que je sois obligé de vous dire cela, moi qui n'ai, selon vous, *étudié que les chemins de Roanne et de Saint-Etienne.*

24° — D'après ce qui précède, tout le monde conviendra que j'ai eu raison de dire: *Ne sait-on pas qu'un même projet peut coûter beaucoup plus ou beaucoup moins, selon l'homme qui l'exécute ?*— *L'accusation serait fort grave,* répondez-vous, *si elle était le résultat de l'investigation consciencieuse d'un homme de l'art expérimenté, mais elle perd toute importance dans la bouche d'un ingénieur, auteur il est vrai de nombreux projets, mais à qui (le soin de notre défense nous oblige à le dire), il n'a pas été donné de trouver dans l'exécution le moyen de se soustraire à des illusions que l'application peut seule dissiper.*

Le trait, quoique poli, est acéré, mais il va se briser contre votre viaduc.

En vous prévalant ici du besoin de vous défendre, vous semblez oublier l'aveu qui vous est échappé un peu plus haut, et dont j'ai dit que je prenais acte, savoir, que dans ma première lettre je me défendais moi-même; or c'était vous et votre compagnie qui m'aviez attaqué; cependant je me défendais, je pense, avec tous les ménagements désirables.

Ici vous mettez en doute ma bonne foi, et vous me déniez ce genre d'expérience qui résulte de l'exécution des travaux.

Chacun verra, par cette discussion même, si la bonne foi est de votre côté ou du mien.

Assurément il est des ingénieurs, et beaucoup, peut-être qui ont plus d'expérience que moi, mais êtes-vous de ce nombre? En répondant, ne perdez pas de vue qu'il s'agit ici d'une spécialité toute particulière, celle des chemins de fer. — De quels projets de chemins de fer avez vous fait les études? D'aucun que je sache, si ce ne sont vos deux entrées à Versailles, dont l'une a été si justement rejetée comme vous venez de le déclarer vous-même, dont l'autre offre aux voyageurs les attraits d'un souterrain de 275 m. ou même de 375 m. de longueur, et à votre compagnie les avantages de votre viaduc, et de cette languette de terre achetée 1,142,000 f.; de ce remblai de Montholon qui coûte 595,000 f.; de cette gare de Vanvres qui revient à 245,000 f.; et de ce remblai de Porché-Fontaine qui coûte 485,000 f. Voulez-vous que je parle de toute la ligne que vous avez changée, en la gâtant au point d'augmenter assez les travaux et les dépenses pour mériter le reproche d'avoir concouru à la ruine de votre compagnie? Voilà toutes vos études de chemin de fer.

Moi, de votre aveu, j'ai étudié de *nombreux projets*, et vous me forcez à le dire, j'ai remporté le prix de deux concours où j'avais à lutter contre des ingénieurs dont vous contesterez, si vous voulez, le mérite et l'expérience ; d'abord pour ce même chemin de la rive gauche, j'avais huit concurrents, dont trois ingénieurs des ponts-et-chaussées, et dans ce premier concours comme dans le second, le jury, c'était le conseil général des ponts-et-chaussées. Le projet déclaré le meilleur c'est l'un des miens, celui-là même que vous avez dénaturé. — Ensuite il s'agissait d'un pont à construire sur l'Oise, à Saint-Leu-Desserant. Mes cinq concurrents étaient, tous comme l'un de vous, ingénieurs des ponts-et-chaussées ; l'examen a duré quatre ans, et mon projet a encore prévalu. — Quant aux études de projets, j'ai donc sur vous un certain avantage, il me semble.

Maintenant, combien de chemins de fer vous a-t-il été donné d'exécuter? Un, un seul! celui dont vous avez gâté le projet en épuisant le capital social, et que, faute d'argent, vous laissez interrompu. Comment encore avez-vous exécuté les travaux déjà faits? votre pont le plus important, celui du val de Doisu menace ruine, et va s'écrouler si on ne se hâte d'en reconstruire une partie; votre première série d'arcades du viaduc de Fleury présente déjà une fissure qui donne de graves inquiétudes. Le novice le plus novice pourrait-il plus mal faire? —Ainsi vous avez exécuté fort peu, et vous avez exécuté fort mal, c'est-à-dire à contre-sens, avec inhabileté et avec des dépenses énormes. Il me semble que sous ce rapport tout l'avantage est pour moi, à qui du moins *il n'a pas pas été donné d'exécuter.*

Vous parlez d'*illusions que l'application peut seule dissiper*, mais je ne suis pas du tout un homme à illusions; mon genre de vie, d'esprit et d'occupations ne les comportent guère, quelques-uns même m'accusent d'être trop maçon dans mes projets.

Il a été donné à l'un de vous d'exécuter des travaux d'art, il peut en avoir l'habitude et le goût; c'est encore ici un avantage pour moi; j'en avais voulu le moins possible, et je les avais voulu les plus simples possibles sur ce chemin qui en exige si peu et de si simples; vous, vous en avez fait un gigantesque où il n'en fallait pas du tout.

Mais de même qu'ayant mal étudié vous avez mal exécuté, n'est-il pas assez probable qu'ayant bien étudié j'aurais assez bien exécuté, et que mon *investigation*, que je sens *consciencieuse*, a été assez intelligente?— Si elle l'était moins, elle ne vous donnerait pas tant de tablature, et n'oubliez pas qu'en m'attaquant sans raison comme sans nécessité, c'est vous qui m'avez contraint de me livrer à cette investigation dont je me serais abstenu.

Au reste, je ne puis omettre ici une observation d'un intérêt tout à fait général, c'est qu'il semblerait juste de livrer, par voie de concession directe, les entreprises de chemin de fer aux ingénieurs qui ont fait les meilleurs projets, surtout lorsqu'il y a eu concours en forme. Ces ingénieurs exécuteraient ces chemins comme ils les ont conçus, ou rectifiés d'après les prescriptions de l'autorité; tout le monde y gagnerait. Si par concession directe ou par adjudication, on livre ces chemins à d'autres personnes, les ingénieurs appelés à les exécuter les entendent tout autrement qu'ils n'ont été conçus, les refont, les dénaturent, tout le monde y perd et le chemin aussi.

25. — Je ne disais pas qu'on avait fait un *usage exclusif des brouettes et des tombereaux pour les terrassements*;

le mot *exclusif* est de vous et vous le soulignez ; mais je dis à présent que l'emploi des wagons, des voies provisoires en fer, des plans auto-moteurs et des machines locomotives n'a eu lieu que sur un point, à la tranchée de Clamart ; pour tout le reste vous avez employé la brouette et le tombereau, je l'ai vu, tout le monde l'a vu, et les chantiers et les instruments sont probablement encore là pour l'attester. Mais votre *expérience* vous a suggéré de si étranges moyens d'employer les procédés économiques, que là précisément où vous les avez appliqués, vous avez augmenté la dépense ; ainsi à la tranchée de Clamart les frais de déblai sont revenus, m'assure-t-on, à 2 fr. 56 c. le mètre cube.

26. — Vous ajoutez que *contrairement* à mon assertion, *tous les travaux à l'exception d'une faible proportion, ont fait l'objet de marchés passés avec des entrepreneurs en tacherons.* — Je lis dans votre rapport (page 20), terrassements en régie 409,417 fr. 14 c.; à l'entreprise : 861,055 fr. 12 c.; c'est le tiers en régie, est-ce là une faible proportion ?

J'avais dit que les journées de terrassiers avaient coûté jusqu'à 3 fr. 50 c. et 4 f., vous me faites dire simplement 4 fr., et vous vous bornez à répondre que je suis dans l'erreur. Ont-elles donc coûté 3 fr. 50 c. n'osez-vous dire ce prix que vous savez ?

27. — Oui, suivant mon mémoire précité, les travaux d'art devaient être exécutés avec le plus grand *soin ;* mais *soin* n'est pas *luxe.*

Pourquoi dans votre viaduc, ces quatre pavillons d'ornement, ces quatre escaliers d'un étage à l'autre, cette galerie suivant l'axe du monument établie au-dessus du 1er étage, et ces pierres de taille et ces moellons similés, et ces larmiers évidés de 50 ou 75 c. de hauteur etc. ? tout cela est-il du *soin* ou du *luxe ?*

. On vous a, dites-vous, imposé plus de ponts et de plus grandes ouvertures que ne portaient mes devis où je me réduisais au simple nécessaire ; eh bien, c'est un surcroît de dépense que mes devis ne devaient pas prévoir.

28. — Certainement on pourrait dire que *le pont des Arts est exécuté en pierres de taille*, si on voyait à ce pont des têtes et des chaînes en pierre de taille, des bandeaux formant larmiers évidés d'une hauteur de 50 centimètres, et en pierres dures et fines, et du moellon dont les faces formant parements seraient taillées comme la pierre de taille.

29. — Si des *viaducs récemment construits en Angleterre par des ingénieurs distingués*, touchent néanmoins à leur ruine, c'était moins une raison de tant dépenser au vôtre (déjà lézardé) que de préférer le remblai, et cela prouve que vous avez tort de citer comme de si imposantes autorités les ingénieurs anglais, et entre autres celui qui a si bien construit l'un de ces viaducs tout neufs et déjà en ruine, lorsque vous cherchez à justifier le poids de vos rails et de vos coussinets. Les ingénieurs des chemins de Versailles (rive droite), ni les ingénieurs anglais ne peuvent pas plus que personne avoir raison contre l'expérience ; or l'expérience atteste que des rails de 14 à 16 kilog. par mètre courant, suffisent à un service actif comme celui de Saint-Étienne qui transporte plus de 600,000 t. par année (c'est le chemin le plus fréquenté de toute l'Europe). J'avais porté ce poids à 20 kilog. par excès de prudence ; où est le besoin de l'élever comme vous à 32 kilog. ? Le mètre courant de rail pèse en Belgique 22 kilog., en Amérique généralement, en Allemagne, en Russie, à peu près partout, environ 20 kilog.

30. — Vous me dites bien qu'après avoir préféré les dés en pierre aux traverses en bois, des ingénieurs préfèrent aujourd'hui ces dernières. Eh bien se trompaient-ils alors, ou se trompent-ils aujourd'hui ? Voilà ce qu'il faudrait montrer par les résultats de l'expérience ; en attendant qu'elle se prononce par des résultats bien sûrs en faveur des traverses en bois, permettez à ma *légèreté* d'écouter l'économie, qui recommande de préférer le dés en pierre, et, quoique *je n'aie étudié que les chemins de Saint-Étienne et de Roanne* je vous préviens que sur le chemin de Liverpool à Manchester, on remplace les traverses en bois par des dés en pierre ; qu'on emploie les dés sur celui d'Édimbourg à Dalkeith ; et que sur le chemin de Villers-Cotterets au canal de l'Ourcq, tout récemment terminé par M. Surville ingénieur des ponts et chaussées, on a préféré les dés en pierre aux traverses en bois, quoique le chemin traversât une grande forêt ; et par parenthèse, les deux lieues et demie de ce chemin à une voie, mais avec de nombreuses doubles voies pour les gares d'évitement, n'ont coûté ensemble que 720,000 fr. y compris le matériel d'exploitation.

31. — Je demandais : l'ordre a-t-il régné dans toutes les parties du service ? et j'ajoutais : on assure que des scènes fâcheuses indiquent le contraire. — C'est, selon vous, trancher la question en deux mots ; et voilà toute votre reponse ! Le public conclura. (Voir N° 64)

Vous justifiez vos 308,000 fr. de frais d'administration en 18 mois, et pour moins de la moitié de vos travaux, par la célérité de leur marche; mais M. Kockerill offrait de faire le tout en 18 mois et à peu près au prix fixé par mes devis ! vos rivaux de la rive droite auront fini en deux ans leur chemin, plus difficile et d'environ 1,200 m. plus long que le vôtre ! — Pourquoi donc sur un *chemin de 60 lieues n'attaquerait-on pas tous les points à la fois ?* le fera-t-on par bouts de quatre lieues, parce que votre chemin a quatre lieues ? et fera-t-on, comme vous, moins de deux lieues en 18 mois ? à ce compte les travaux dureraient plus de 45 ans.

32. — Vous observez que d'après les offres à moi faites par MM. Fould et Léo, mon concours seul eût coûté en 18 mois 160,000 fr. et vous faites cette remarque pour avoir le plaisir d'ajouter : *quel que soit le mérite de M. Corréard, c'eût été un peu cher.* Je suis de votre avis, et je l'ai dit moi-même à ces Messieurs (Voir N° 78), mais comment ne vous êtes-vous pas aperçus que cette observation révélerait qu'ils ne sont pas très économes de l'argent des actionnaires ?

33. — Votre matériel d'exécution coûte, dites-vous, 406,000 fr., et vous ne voulez pas qu'on le compare à celui du matériel d'exécution du chemin de Roanne, qui n'a coûté que 171,511 fr., attendu que votre chemin *présente des difficultés extraordinaires, que les travaux du chemin de Roanne sont d'une toute autre nature,* et bien moins difficiles apparemment. Voyons pourtant : à Roanne, on a été obligé de faire venir de l'Auvergne des ouvriers de toute espèce, les journées ont été aussi chères qu'à Paris ; celles de terrassiers ont coûté 3 fr. ; il y a dans le roc (porphyre et granit) des tranchées de 14 m. de profondeur et de 150 m. de longueur, et des souterrains ; vous avez en tout 1,223,300 m. c. de terrassements sans aucuns rochers, vous n'en avez fait que 667,301 m. c., qui vous ont coûté 1,270,472 fr., près de 2 fr. le m. c. A Roanne, il y a 1,138,106 m. c. de terrassements, dont 249,857 m. c. en rochers, et payés 3 fr. le m. c., qui ont coûté 749,571 fr. et 888,248 m. c. sans rochers, qui ont coûté 715,445 fr., c'est-à-dire 80 centimes le m. c., même prix que mes devis. Les 1,138,106 m. c., avec et sans rochers, ont coûté ensemble 1,465,016 fr., c'est-à-dire seulement 194,544 fr. de plus que vos 667,301 m. c. sans rochers, et quoique, il faut le répéter, la main-d'œuvre fût alors à Roanne aussi chère qu'à Paris.

A Roanne, les ponts, ponceaux, aqueducs, et murs de soutenement, formant ensemble 33,331 m. c., ont coûté 422,609 fr. ; c'est 12 fr. 37 c. le m. c., y compris la pierre de taille en granit et porphyre, tout ce qu'il y a de plus dur à travailler.

Toutes ces données résultent de votre propre rapport aux actionnaires et du rapport adressé aux actionnaires du chemin de Roanne. Voilà, ce me semble, l'*éclatante leçon d'économie* que j'aurais donnée selon vous en exécutant mon projet au prix de mes devis. Ces prix sont ceux payés à Roanne, et vous voyez que même en *méritant bien du pays,* je n'aurais pas *commencé une ère nouvelle pour les travaux.*

Des travaux comme ceux du chemin de Roanne exigeaient bien, ce me semble, autant de matériel d'exécution que les vôtres; mais vous justifiez le prix de votre matériel en rappelant que vous donniez à vos travaux *sur tous les points en même temps et partout une vive impulsion.* Vous alliez donc bien vite ! puisque votre célérité est votre continuelle excuse. Mais au temps où vous marchiez, vous avez fait moins de deux lieues en dix-huit mois, et, malgré l'interruption causée par la révolution de juillet, les ingénieurs de Roanne, que vous paraissez prendre pour des tortues, ont achevé en cinq ans toute leur ligne de seize lieues ; ils ont donc fait plus de trois lieues par an; ils allaient donc environ deux fois plus vite que vous. Cherchez une autre excuse que votre *vive impulsion,* ou tâchez au moins de découvrir quelqu'un qui ait marché aussi lentement que vous.

34. — Assurément il n'y aurait eu que sagesse à acheter d'avance le matériel d'exploitation, si vous aviez été sûrs d'achever votre chemin avec le reste de votre capital ; mais quand on vous voit réduits à suspendre vos travaux avant d'arriver à la moitié, on doit vous reprocher d'avoir bien mal calculé ou de n'avoir pas du tout calculé vos dépenses, et d'avoir prématurément et imprudemment acheté un matériel qui ne peut servir

rien, si, faute de trouver un nouveau capital, vous ne pouvez terminer votre chemin.—Si *les bonnes fabriques d'Angleterre sont surchargées de commandes*, elles doivent être fort chères et faire beaucoup attendre; c'était double raison pour demander vos machines locomotives, à l'industrie nationale, qui les fournit tout aussi puissantes et tout aussi bonnes que l'industrie anglaise. Je crois me rappeler que M. Arago l'a positivement déclaré à la chambre des députés; elles vous coûtent en Angleterre 40,000 fr. chacune, en France vous les auriez eues pour 25,000 fr.—Et pourquoi en avez-vous acheté tout d'abord dix, quand moins de huit pouvaient suffire à la rigueur, et que vous manquiez d'argent?

Nous arrivons aux chiffres.

35. — Effectivement mes devis portent 177,336 fr. pour acquisitions de terrains entre la barrière du Maine et Versailles, et non pas 808,736 fr., comme je l'avais dit. Ce dernier chiffre est le prix des terrains de ma seconde hypothèse où le chemin part de la Croix-Rouge. Vous trouvez cette méprise bien *grave et d'autant plus singulière qu'il s'agit de mon propre travail;* mais vous êtes tombés dans une méprise toute pareille: vous dites, au second paragraphe de votre lettre, que les acquisitions de terrains auront coûté à la compagnie 2,700,000 fr., votre rapport dit seulement 2,231,135 fr., et *il s'agit* aussi *de votre propre travail*.

Mon chiffre de 177,336 fr., qui s'applique au chemin partant de la barrière du Maine, est justifié par les offres et les marchés de la compagnie; elle dit, page 16 de son rapport: *Pour arriver à ce résultat* (traiter à l'amiable) *il fallait, dans nos offres, égaler, dépasser même le prix réel des propriétés.* Partout mes devis l'ont augmenté, doublé ou triplé; et entre Vanvres et Paris, la compagnie offrait 3,000 fr. de l'arpent, 6,000 fr. de l'hectare; mon devis disait: 5,000 fr. A Vanvres, 2,000 fr. 2,500 fr. de l'arpent, 4,000 fr. 5,000 fr. l'hectare; mon devis l'estimait à 10,000 fr. A Clamart, elle a payé le prix marqué dans mes devis. A Meudon, elle a dû payer, à raison de 10,000 fr. et 15,000 fr. l'arpent, des portions de terrain enlevées à la propriété de M. Duret, mais qui ensemble ne représentent pas un arpent, et elle a tort de se taire sur le prix moyen des terres et des vignes que mes devis évaluent à 10,000 fr. l'hect. A Sèvres, elle a payé 4,500 fr. et 5,000 fr. l'arpent; mes devis portent l'hectare à 10,000 fr. Sur Chaville et Viroflay, elle ne donne que des prix par masse et sans aucun détail, ce qui n'est ni clair, ni satisfaisant. A Versailles, même obscurité; d'ailleurs, pour cette nature de dépense, mon devis s'arrête et devait s'arrêter à Viroflay.

Maintenant comparons les totaux :

Le montant des sommes payées par la compagnie est de	2,231,135 fr.
Le montant de mes estimations est de	177,336 fr.
La compagnie a donc payé en sus de mon chiffre	2,053,799 fr.

Mais, il faut retrancher 1,142,000 fr., prix des terrains dans Versailles, car mon devis dressé, ainsi que vous l'observez vous-mêmes pour *mon tracé entrant à Versailles par l'avenue de Paris*, qui est une propriété de l'État, n'obligeait à acheter aucun terrain au-delà de Viroflay. En conséquence, mon devis porte à zéro le prix de 2 hec. 80 ar. 86 cent. pris sur l'avenue; il faut retrancher encore 11,200 fr., prix des portions de terre au-delà de Viroflay, et achetées à M. Pigneux, ce qu'exige votre tracé et non le mien; plus, 600,000 fr. de terrains que la compagnie déclare avoir à revendre. Ces 3 sommes montent ensemble à

	1,751,000 fr.
La dépense déclarée officiellement n'a donc excédé mes estimations que de	302,799 fr.

Et si, comme on est autorisé à le croire par les paroles extraites de votre rapport et que je viens de citer, votre désir de *traiter à l'amiable*, pour en finir plus vite, a favorisé les prétentions des propriétaires, au point de leur ôter l'envie de recourir à l'intervention du jury d'expropriation, la compagnie a dû acheter si cher, que cette différence de 302,799 fr. entre ses prix et mes évaluations ne prouve absolument rien contre l'exactitude de mes devis, rédigés de bonne foi d'après la valeur réelle des propriétés généralement doublées, et en comptant, comme je le devais, sur la bonne foi du jury d'expropriation.

D'ailleurs, qu'on m'explique pourquoi les prix de la compagnie et mes estimations se balancent toutes les fois que le rapport donne quelque détail capable d'éclairer un peu, et pourquoi ses prix dépassent tant mes évaluations lorsque son rapport ne donne plus de détail.

36. — Vous accusez beaucoup ce malheureux devis de 3,800,000 fr., mais savez-vous ce qu'il faudrait y ajouter pour le comparer au vôtre, qui monte à 8 millions! le voici :   3,800,000 fr.

Acquisition de terrains entre Virollay et Versailles, prix déclaré par votre compte-rendu.   1,151,000 fr.

Prix du matériel d'exploitation, (mon devis annonce positivement, page 32 de la brochure citée par vous, que ce matériel se trouve compris dans le devis de la partie comprise entre Versailles et Tours, et non dans le devis de la partie comprise entre Paris et Versailles, où il ferait un double emploi), cette dépense est de. . . . . 1,204,000 fr.

Tout mon remblai du val de Fleury eût coûté moins de 500,000 fr., les prix établis tout-à-l'heure le prouveront ; vous estimez à 1,500,000 fr. votre viaduc , mais il faut ajouter les deux parties du remblai cubant, d'après vos propres calculs , 177,754 mètres, qui, à votre prix de 2 fr. 50 c. le mètre cube, ont coûté 444,385 fr., de sorte que vous dépensez 1,944,385 fr. pour la traverse du val de Fleury, qui me m'en coûtait que 500,000, différence à joindre à mon devis.   1,444,385 fr.

Je n'avais pas de remblai à Porché-Fontaine, vous en avez un qui vous coûtera. . . . 485,890 fr.

Le remblai que vous avez et que je n'aurais pas eu au clos de Montholon vous coûte. . . . 595,000 fr.

Le remblai de la gare de Vanvres que je n'avais pas non plus, coûte. . . . . . . 245,061 fr.

Vous estimez vous-mêmes à plus de 177,336 fr. la dépense des clôtures à établir sur les côtés du chemin ; ces clôtures, non exigées à l'époque où j'ai dressé mon devis, ne pouvaient y figurer.   177,336 fr.

Par la double augmentation du poids de vos rails et coussinets, et du prix du fer et de la fonte, le prix de la voie en fer se trouve doublé, mes devis la portaient à. . . . . . 954,574 fr.

J'estimais au prix très-convenable de 80 c. le mètre cube les travaux de terrassement (d'après les offres que m'ont faites deux mécaniciens, je pourrais les porter à 50 c.) ; il résulte des données de votre rapport, que pour vos travaux de terrassement déjà faits, le prix moyen du mètre cube s'élève à 1 fr. 90 c., et sur ce pied la totalité de vos travaux de terrassement coûtera 2,324,270 fr. : la totalité des miens n'aurait coûté que 761,943 fr., de sorte que vos prix et vos modifications de tracé entraînent pour ce seul article un excédant de dépense de 1,562,327 fr., dont je retranche le prix de revient des remblais de Montholon et de la gare de Vanvres, déjà portés ci-dessus, et dont la dépense totale est de 745,061 fr.; ainsi il faut encore ajouter à mes devis cette différence. . . . , . , . . . 817,266 fr.

Bornant là ces additions exigées par l'équité, mon devis de 3,800,000 fr. monte déjà à. . . 10,874,512 fr.

Et j'aurais encore à ajouter bien d'autres surcroîts de dépenses, tels que la différence des prix de mes dés en pierre , au prix de vos traverses en bois, et de la couche de sable de 50 centimètres que ces traverses exigent sur toute la longueur du chemin ; tels que l'excès de vos dés du prix de maçonnerie de moitié trop forts, etc.

Avec toutes ces additions, mon devis n'atteint pas encore le chiffre de votre récente estimation 15 millions, mais on va voir que proportionnellement il dépasse déjà de beaucoup le chiffre qui a suffi pour établir d'autres chemins plus difficiles que le vôtre.

37°. — Voici, pour en finir, une note très-concluante, à mon avis, du prix de revient de la lieue des chemins de fer les plus coûteux et les plus difficiles.

Partie du chemin de Saint-Étienne à Lyon , comprise entre Rive-de-Giers et Givors , développement total : 17,000 mètres ; 11 souterrains formant ensemble une longueur de 2,300 mètres, et tous , excepté celui de Rives-de-Giers (900 mètres), percés pour deux voies, plusieurs coupures de 20 mètres de hauteur dans des masses de grès schisteux ; — dépense totale : 3,500,000 fr., y compris l'acquisition des terrains , ce qui donne 823,528 fr. par lieue.

Chemin d'Andresieux à Roanne , dont on a vu plus haut les difficultés et la rapide exécution. Parcours total : 16 lieues, dépense totale : 7,726,548 fr., moins de 500,000 fr. par lieue.—Il est vrai que ce chemin, construit pour deux voies, n'en a reçu qu'une en fer avec de nombreuses gares d'évitement. En ajoutant 1,545,744 fr. pour compléter la seconde voie, la dépense totale sera de 9,272,292 fr. ; c'est 579,518 fr. par lieue.

La section de Malines à Tirlemond (car j'ai pris la liberté de visiter tous les chemins de la Belgique sans vous en prévenir), a exigé des travaux proportionnellement au moins aussi considérables que les vôtres ; son développement total est de 41,000 mètres ; le prix de la lieue n'atteindra pas 500,000 fr.

Chemin de Liége à Verviers. Un ingénieur en chef des ponts-et-chaussées, revenant de Belgique, m'informe par une note restée entre mes mains, que le développement sera de 30,000 mètres, que le tracé parcourant la sinueuse et profonde vallée de la Vesdre exigera la construction 1° d'un grand pont sur la Meuse, 2° d'un pont sur l'Ourthe, 3° de 17 ponts chacun de 30 mètres d'ouverture pour passer d'une rive à l'autre de la Vesdre, 4° d'un pont sur la rivière Spas, 5° de 17 ponceaux, 6° de 8 souterrains d'un développement total de 1,500 mètres, 7° de fréquents déblais et remblais dans le roc.—Les ingénieurs dirigeant les travaux ont affirmé à notre compatriote que la dépense n'excédera pas 1 million par lieue, et les faits attestent que, sur ce point, on peut croire sur parole les ingénieurs belges.

Chemin de Liverpool à Manchester, le plus coûteux de tous les chemins anglais, tant à cause des accidents du terrain que des conditions que s'est imposées sa compagnie. Développement total : 48,000 mètres, dépense totale : 20,000,000 fr., 1,664,000 fr. par lieue, et la main-d'œuvre est d'un prix exorbitant en Angleterre.

Ceci explique pourquoi M. Kockerill offrait de se contenter de 6,400,000 fr. nets, y compris son bénéfice d'entrepreneur, pour exécuter ma seconde hypothèse, où le chemin partant de la Croix-Rouge a un parcours total de 18,020 mètres, 4 lieues 1/2 : il demandait donc 1,422,220 fr. par lieue. Mes devis estiment la dépense totale à 5,820,420 fr., à quoi il faut ajouter 1,244,000 fr. pour frais de matériel d'exploitation ; ensemble 7,024,420 fr. pour 18,000 k. ou 4 lieues 1/2, ce qui porte la somme à 1,560,000 fr., par lieue, prix presque égal à celui du chemin de Liverpool.

Que l'on juge de l'exactitude de mes devis par les prix de revient rapportés ci-dessus, et qui sont les données exactes d'une sage expérience, mes devis seront pleinement justifiés ; mais il y aurait démence à les condamner parce que 2 millions par lieue ne vous ont pas suffi, et que déjà vous demandez 4 millions par lieue, qui, j'en suis persuadé, ne vous suffiront pas encore.

Je crois avoir suffisamment démontré que toutes les assertions de ma première lettre au journal *le Bon Sens* sont exactes, ne vous en déplaise, et que ce sont au contraire les assertions de votre réponse qui, toutes, manquent d'exactitude ou de raison : *le soin de ma défense m'oblige à le dire.*

———————

Après cet examen, peut-être trop minutieux, on me permettra de présenter ici une série d'observations et de questions capables d'éclairer beaucoup la matière, surtout si MM. les ingénieurs du chemin de Paris à Versailles (rive gauche) et leur directeur général répondent nettement aux unes et aux autres.

TRACÉS.

38°.—Est-il vrai que les tracés provisoires et le tracé définitif n'ont été achevés qu'en dix mois (en avril 1838)?—ou plutôt est-il vrai, comme l'attestent des témoignages écrits et déposés entre nos mains, qu'aujourd'hui même, 22 mois après l'adjudication, et après l'épuisement du capital social, le tracé définitif n'est pas encore terminé ?

39°.—Est-il vrai que cette circonstance a empêché jusqu'ici de commencer certains ouvrages, dont on ne peut encore préciser la position, ni par conséquent estimer exactement la dépense ?

40°.—Est-il vrai que l'administration générale de la compagnie s'est récriée, mais en vain, contre les dépenses exorbitantes faites pour arriver à ce tracé définitif encore inachevé ?

41.— Est-il vrai qu'il a déjà coûté 50,000 fr. de plus que n'y auraient dépensé des hommes plus économes et plus habiles?

42.— Est-il vrai que, malgré ces inconcevables retards, on a employé à ce travail six brigades à la fois, composées chacune de cinq hommes? Avec un pareil nombre d'hommes, ne pourrait-on pas facilement achever, en dix mois, le tracé d'un chemin de fer allant de Dunkerque à Perpignan?

43.—Est-il vrai que, malgré cette incroyable lenteur et avec un pareil nombre d'employés, on a mis dans ce travail une légèreté impardonnable, comme l'attestent la création des inutiles remblais de la gare de Vanvres et du clos de Montholon, et la déviation du tracé primitif par laquelle on se jette dans le fond du val de Fleury, etc.?

ACHAT DE TERRAINS.

44.— Les achats de terrains ont-ils été faits d'une manière convenable, et les personnes qui prétendent que ces acquisitions ont coûté 1,000,000 de trop, ont-elles tort ou raison?

Voici quelques-uns des faits sur lesquels ces personnes s'appuient :

A l'époque de l'adjudication du chemin de fer, le clos de Montholon était en vente depuis quatre ans, la mise à prix ne s'élevait qu'à 40,000 fr., et durant ces quatre années, aucun acquéreur ne s'était présenté pour en donner cette faible somme. Le tracé primitif ne touchait pas cette propriété; puisque la compagnie voulait changer ce tracé primitif et traverser le clos de Montholon, rien n'était plus naturel que de taire d'abord cette intention, et de faire acheter ce clos par un tiers, qui l'aurait eu pour la simple mise à prix de 40,000 fr, car on ne voyait encore arriver aucun amateur. Au lieu de cela, qu'a-t-on fait? On a commencé par laisser connaître la nouvelle direction du tracé qui nécessitait l'achat du clos, puis on a entamé des négociations avec le vendeur, ainsi prévenu de l'avantage qu'on venait de lui créer; aussi a-t-on payé 100,000 fr. ce clos de Montholon, dont personne n'avait voulu donner seulement 40,000 fr.

Expliquera qui voudra une si prodigieuse maladresse.

Cette maladresse étonne d'autant plus, qu'il n'y avait ni nécessité, ni convenance aucune à quitter le tracé primitif, pour aller traverser le clos de Montholon; tout au contraire il y avait une double perte d'argent et de temps, car il fallait se jeter dans la profonde vallée de Vanvres, et y construire un remblai de 13 m. de hauteur, qu'épargnait le tracé primitif.

A Bellevue, les propriétés ne trouvant point d'acquéreurs, avaient une valeur si faible, que le directeur du chemin de fer se vit entraîné par le bon marché, et pour ainsi dire malgré lui, à acheter pour lui-même une très belle maison de campagne qui borde le chemin; cependant toutes les propriétés touchées ou coupées ont coûté à l'entreprise des prix exorbitants; comment cela se fait-il?

Comment se fait-il qu'on ait abandonné le plan primitif, qui attaquait ou coupait un moindre nombre de ces propriétés si coûteuses, pour adopter un autre tracé qui en entame davantage? Dire que cet autre tracé fait mieux à l'œil, est-ce une excuse admissible quand on a ruiné ou du moins fortement compromis l'entreprise?

TRAVAUX D'ART.

45.— Les hommes de l'art reconnaissent que ces travaux ont coûté le double et le triple du prix auquel on pouvait les établir; d'où provient cette augmentation?

46.— Est-il vrai que les matériaux ont été pris à des distances considérables, lorsqu'on pouvait les tirer des carrières, minières et fabriques situées à 5 ou 600 m. de la plupart des ouvrages exécutés, et notamment des ouvrages compris entre Paris et Doisu?

47.— Est-il vrai que, pour cette raison, le chemin de la rive gauche a payé ses matériaux deux fois plus cher que le chemin de la rive droite, qui pourtant est dix fois plus éloigné des carrières?

48.— Est-il vrai que le pont construit sur la route d'Issi à Clamart, qui, assure-t-on, ne devait coûter, suivant les devis des ingénieurs, que 20,000 fr., a coûté 80,000 fr.? Comment explique-t-on cet étrange mécompte, et tous ceux du même genre?

4

49. — Est-il vrai que, dans l'intérêt de leur compagnie sans doute, MM. les ingénieurs ont prescrit à tous les entrepreneurs de s'approvisionner de pierres dans les carrières de MM. Piatier, Larose, Alaplantive, Le Teigneux et Topinard, et de chaux hydraulique dans les établissements de MM. Rousseau frères et Zibille-Fayard, et qu'ils ont exigé que les entrepreneurs se soumissent entièrement à ces singulières conditions, au risque de donner à la malveillance le droit d'en conclure tout ce qu'elle voudra ?

VIADUC DU VAL DE FLEURY.

50. — Est-il vrai que, comme tous les travaux d'art de la compagnie, le viaduc du val de Fleury s'exécute, non pas à forfait, et d'après des plans et des devis définitivement arrêtés, et sous la condition formelle de l'achever en un délai fixé, mais sans délai fixe et d'après des devis, des plans essentiellement variables, ainsi que les prix?

50. — Est-il vrai que cette variabilité des plans, des devis et des prix, est la conséquence du droit que se sont réservé MM. les ingénieurs de modifier à leur gré le système de fondations, le choix et la façon des matériaux, la forme du viaduc, etc., etc.?

51. — Avec de pareilles réserves, est-il possible, même à MM. les ingénieurs qui ne peuvent pas répondre des changements dont ils s'aviseront, de calculer d'avance à quelle somme finale monteront les dépenses de cet ouvrage?

52. — En une pareille affaire, l'entrepreneur n'est-il pas un simple commis chargé de recruter des ouvriers, et d'acheter les matériaux aux carrières et aux fabriques qu'on lui désigne?

53. — Est-il vrai que MM. les ingénieurs se sont en outre réservé le droit de suspendre les travaux de l'entrepreneur, puis de les continuer en régie, puis de les confier à un autre entrepreneur si bon leur semble, et même, ce qui est plus curieux, de fournir eux-mêmes la chaux, la pierre et autres matériaux à l'entrepreneur et au nom de la compagnie, de sorte que la compagnie ou eux deviennent les fournisseurs?

N'est-ce pas le monde renversé, l'arbitraire tout pur?

54. — Avec de pareilles conditions est-il possible de trouver et de conserver des entrepreneurs réels et raisonnables?

55. — Est-il vrai que, peu après le commencement des travaux, le premier entrepreneur du viaduc, voyant les ingénieurs changer complètement le projet, substituer deux rangs d'arcades aux trois rangs du projet primitif, ne vouloir plus dans la 1re série que 7 arcades au lieu de 13, et changer les voûtes en ogives en voûtes à plein ceintre, s'effraya des droits réservés aux ingénieurs et de l'usage qu'ils en faisaient déjà, et résolut de renoncer à l'entreprise?

Est-il vrai que cette renonciation et les négociations qu'elle nécessita, firent perdre six mois, et que la compagnie s'est vue contrainte d'acheter les matériaux de cet entrepreneur aux prix qu'il fixa lui-même (150,000 fr.)?

56. — Est-il vrai que, dès le commencement des travaux du viaduc, il y a eu environ 1,000 m. c. de beton fabriqués par l'entrepreneur, et 1500 m. c. par voie de régie ?

Un pareil système, ou plutôt cette absence de tout système, un semblable chaos, où la volonté dirigeante change, se contredit, admet aujourd'hui le mode qu'elle réprouvait hier, et quelquefois dans le même ouvrage mêle ensemble deux modes opposés, était peut-être le meilleur procédé qu'on pût imaginer pour nuire à la bonne exécution des travaux, pour perdre beaucoup de temps, et pour ruiner les actionnaires.

En se réservant les droits ci-dessus indiqués, on a prétendu se ménager les moyens de maîtriser les entrepreneurs, et de s'en débarrasser d'une manière expéditive s'ils s'opiniâtraient à s'écarter des devis; mais on s'est jeté dans un mode capricieux et bâtard, qui est et n'est pas la régie, qui est et n'est pas l'entreprise, qui est l'un et l'autre, et n'est ni l'un ni l'autre, et qui réunit tous les inconvénients de l'entreprise, tous ceux de la régie, et tous ceux que produisent le mélange incohérent des deux modes et le passage de l'un à l'autre. Si le mode de régie paraissait préférable, il fallait l'adopter tout d'abord et s'y tenir; si on aimait mieux le mode d'entreprise, on devait avant tout arrêter des devis définitifs bien exacts, c'est le premier devoir des ingénieurs, et procéder à une adjudication au rabais. Alors on aurait eu du moins l'avantage de savoir tout de suite à combien reviendrait l'ouvrage complètement terminé. Mais si, après avoir conclu un marché avec un entrepreneur, on casse ce marché, il faut ou lui payer une indemnité en lui faisant enlever des chantiers les matériaux qu'il y a déposés, c'est de l'argent perdu, ou bien lui acheter ces matériaux au prix qu'il en exige, comme cela est arrivé avec le premier entrepreneur; c'est encore une perte d'argent, et dans l'un et l'autre cas on perd en outre un temps précieux.

Tout cela autorise à croire que le viaduc du val de Fleury coûtera, comme je l'ai dit dans ma première lettre, plus de 2 millions 1/2, et cette opinion est celle d'un grand nombre d'employés de la compagnie; elle est d'autant plus fondée qu'aujourd'hui même les projets des ingénieurs, relatifs à ce viaduc, ne sont point encore définitivement arrêtés; de sorte que les travaux, quel que soit le mode d'exécution du moment, entreprise ou régie, marchent au hasard et souffrent de toutes les incertitudes d'une direction fantasque et présomptueuse, qui, au lieu de parler de mes *idées toujours mal arrêtées*, ferait beaucoup mieux d'arrêter les siennes sur les ouvrages qu'elle exécute. (Voir, n° 55, les changements qu'elle a faits tout à coup à son projet de viaduc après les travaux commencés.) On sait ce que coûtent les modifications apportées aux projets, quand les ouvrages sont en cours d'exécution. C'est ainsi que souvent on enrichit les entrepreneurs, et qu'on les ruine quelquefois; mais c'est toujours ainsi qu'on ruine les compagnies ou les propriétaires.

TRAVAUX DE TERRASSEMENT.

57. — Est-il vrai que généralement les travaux de terrassement ont été exécutés sur des séries de prix exorbitants, et d'après des devis rédigés dans le même esprit que ceux des travaux d'art et avec les mêmes conditions, ce qui laissait dans une incertitude complète sur la dépense finale de tous ces travaux jusqu'à leur entier achèvement?

58. — Est-il vrai que toutes les fois que la compagnie a donné à l'entreprise des travaux de terrassement, et nommément ceux de la grande tranchée de Clamart, elle n'a jamais pu connaître à l'avance quel serait le prix de revient de ces ouvrages, et que les devis ne l'indiquaient pas?

59. — Est-il vrai que dans certains devis, et principalement dans ceux de la grande tranchée de Clamart, quoiqu'on eût procédé à des sondages très-rapprochés, à l'aide desquels on pouvait déterminer la nature et l'épaisseur des couches géologiques à attaquer, et par conséquent préciser assez exactement le prix moyen de revient du mètre cube, on n'a fait rien de cela, et qu'on a préféré s'en tenir à des prix aussi divers que les couches du sol, et attendre que l'ouvrage fût achevé pour en fixer la dépense?

60. — N'est-il pas résulté de ce mode tout à fait incertain que, malgré l'emploi des rails provisoires, de la machine locomotive et des plans automoteurs, le prix de revient du mètre cube s'est élevé à 2 fr. 56 c., tandis qu'en adoptant le mode beaucoup plus simple et plus sûr qui consiste à passer des marchés basés sur un prix moyen, le mètre cube aurait coûté moins, lors même qu'on se serait borné aux moyens de transport les plus vulgaires, la brouette et le tombereau, et peut-on oser parler de l'inexpérience d'autrui quand on fait de pareilles écoles?

61. — Est-il vrai, comme l'assurent des hommes qui ont suivi les travaux du chemin de fer de la rive gauche, que tous les travaux de terrassement y ont coûté un quart, la moitié, les trois quarts plus que ceux des autres chemins de fer, et même souvent plus du double?

62. — Est-il vrai, comme on l'assure encore, que, malgré ces prix très-élevés, beaucoup de tâcherons ont fait des marchés onéreux, et ont perdu plus de temps à courir après leur salaire qu'ils n'en avaient mis à le gagner?

63. — Est-il vrai que la manière dont la compagnie et ses agens interprétaient les traités passés avec les entrepreneurs et les tâcherons, a causé des révoltes qui ont plusieurs fois compromis la vie des employés?

64. — Les faits suivants, par exemple, sont-ils vrais ou controuvés?

Un tâcheron fait avec le conducteur principal un marché à raison de tant le m. c.; l'ingénieur sanctionne ce marché; mais rien n'est écrit, tout se passe verbalement. L'ouvrage se termine sans que le tâcheron reçoive ni contre-ordre, ni avis d'aucune réduction, et, lorsque son entreprise est achevée, il apprend que l'ingénieur, qui avait sanctionné le marché, lui impose, de son chef, une réduction. Ainsi trompé dans son attente, cet homme s'avisa d'emporter une partie de l'argent qui revenait à ses ouvriers, croyant peut-être avoir le droit de s'indemniser d'abord de ses peines et de sa responsabilité d'entrepreneur, et de laisser les ouvriers aux prises avec la compagnie. Force fut à l'administration de réparer la faute de ses agents; mais elle l'a fait avec parcimonie, et n'a offert aux ouvriers que la moitié de ce qu'ils avaient gagné. Une révolte s'en est suivie.

Trois autres tâcherons, ayant fait des marchés semblables, ont exécuté consciencieusement leurs travaux ; et malgré leurs observations, et même, à ce qu'on assure, malgré l'opposition très-vive du conducteur principal, ils ont, toujours par l'autorité de l'ingénieur, subi des réductions qui ont ruiné le premier, perdu de réputation le deuxième, et forcé le troisième à employer les armes de la ruse vis-à-vis de l'ingénieur.

La preuve de ces faits ne résulte-t-elle pas de certains documents déposés dans les bureaux de l'administration ?

65. — Est-il vrai que les entrepreneurs n'ont jamais été payés aux époques convenues et qu'ils ont éprouvé des retards de 3, 4 et 5 mois ?

Ainsi les ouvriers, les entrepreneurs, les agents même de l'administration n'ont pas plus à se féliciter que les actionnaires !

ACQUISITION DE LA PIERRE.

66. — Est-il vrai que la compagnie a refusé de traiter à l'ouverture de la campagne avec un grand nombre de carriers qui lui offraient la pierre à bon marché, et qu'après une perte de temps considérable, elle n'a pu ou n'a voulu traiter qu'avec un petit nombre de carriers et à des prix d'un cinquième plus élevés que ceux offerts par les premiers carriers? (Voir le n° 49.)

OUVRAGES COMPROMIS PAR LEUR MAUVAISE CONFECTION.

67. — Est-il vrai que le pont ou viaduc de Doisu, dont le devis estimait la dépense à 20,000 fr. et qui a pourtant coûté plus de 80,000 fr., soit menacé d'une ruine complète et prochaine?

Est-il vrai que le mur en aile d'aval, côté gauche, et la moitié de la tête se soient détachés du corps de l'ouvrage par suite de la mauvaise ordonnance des fondations?

Est-il vrai qu'on sera forcé de reconstruire cet ouvrage, sinon en totalité, du moins en grande partie?

68. — Est-il vrai qu'on remarque déjà une fissure à l'une des piles du viaduc du val de Fleury, ouvrage auquel les deux ingénieurs, qui ont l'air de se croire des constructeurs *expérimentés*, craignent que je ne les accuse d'avoir donné un *excès de solidité?*

Ce viaduc s'élève de 36 m. au-dessus du sol, certaines parties des fondations descendent à 11 m. au-dessous, ce qui donne, de la base au couronnement, une hauteur totale de 47 m. Il y aura 2 ou 3 rangs d'arcades superposées, les piles des divers rangs se correspondent comme le prescrivent les règles de l'art, mais les piles du second rang sont percées dans le sens longitudinal de l'ouvrage, mais dans les 4 pavillons dont le viaduc est flanqué, seront construits des escaliers; il résulte de cette composition architecturale qu'un tassement tant soit peu considérable dans l'une des piles peut compromettre la solidité de l'ouvrage ou en entraîner la ruine. Certes c'était le cas, ou jamais, d'établir une fondation uniforme régnant d'un bout à l'autre de l'ouvrage y compris les deux culées (c'est ce que, dans les travaux hydrauliques, on appelle une fondation formant *radier*). Cette précaution était d'autant plus nécessaire que, d'après le dire de MM. les ingénieurs, le sol n'est pas parfaitement résistant, et elle était d'autant plus naturelle que la distance d'axe en axe des arcades n'étant que de 11 m. et l'épaisseur des piles étant de 4 m., la largeur des fondations de ces piles doit être au moins de 5 m. et par conséquent la distance entre les fondations de deux piles voisines doit être au plus de 6 m. Cependant les ingénieurs ont préféré donner à chacune des piles des fondations détachées, système admissible pour un pont à arcades à grande portée, ou pour un édifice de peu de valeur et d'un poids médiocre, mais dont l'application au gigantesque viaduc du val de Fleury ne peut être considérée que comme une grande imprudence.

Pour employer ici ce système sans imprudence, il fallait, à mon avis, établir les fondations sur de très-forts pilotis indépendamment de la couche de beton.

Mais si, comme je l'ai ouï affirmer, la première couche du sol se composait d'un banc de craie très-dure et de 4 m. d'épaisseur, comment est-il possible qu'on se soit amusé à creuser, à travers ce banc, des fondations jusqu'à 11 m. de profondeur, tandis qu'il était si naturel, et en même temps beaucoup plus économique et plus sûr, d'établir sur ce banc et dans toute la longueur à occuper par le viaduc, une couche générale de beton de 2 m. d'épaisseur et d'asseoir les piles sur cette plate-forme ainsi préparée?

Le temps montrera si c'est par un excès de solidité que pèche ce grand ouvrage, d'ailleurs très-déplacé.

OBSERVATIONS CRITIQUES

Sur la série des prix arrêtés par MM. Payen et Perdonnet, pour les ouvrages de toutes natures à exécuter pour l'établissement de trois ponts, savoir: l'un sur le chemin de la Justice, l'autre sur la voie de Paris à Vanvres, le dernier sur la route de Montrouge à Vanvres.

69. — *Déblais de toute espèce.* — Le mètre cube est estimé pour fouille, charge et jet, dixième compris pour l'entrepreneur, à 58 c. Pour un ouvrage du même genre, l'entrepreneur d'une partie des travaux de terrassement de la grande tranchée de Clamart n'est payé qu'à raison de 41 c. le m. c. Pourquoi cette différence de 17 c. payés de plus à ces ponts qu'à la tranchée de Clamart?

70. — *Sable de la Seine*, 5 fr. 75 c. le mètre cube.
La distance moyenne entre ces trois ponts et Vaugirard n'est que de 1,000 m., celle de ces ponts à la Seine est de 2,600 m.; il y a près de Vaugirard des minières dont le sable est d'excellente qualité; c'est d'ailleurs le sable que la Seine a déposé dans son ancien lit; comment n'a-t-on pas préféré ce sable qui aurait coûté au plus la moitié du sable tiré de la Seine?

71. — *Caillou pour beton*, le m. c. 5 fr. 50 c.
Ces messieurs construisent leurs ponts en pierre de taille et en moellons de roche Smilès, par conséquent la taille et le dressage des faces du moellon doit produire une quantité de cailloux propres à faire du beton, au moins égale au sixième du cube de ces matériaux employés, et cette quantité, certainement suffisante pour confectionner le beton nécessaire, ne doit coûter en définitive que le prix du cassage à la grosseur d'une noix. — Comment peut-on alors porter le prix du caillou à 5 fr. 50 c. le mètre cube?

Supposé même que cette masse de cailloux eût été insuffisante, et, si l'on veut encore, qu'il eût fallu se procurer d'ailleurs tout le caillou nécessaire, on en trouve des quantités énormes aux carrières plates et aux carrières de Montrouge, qui ne sont qu'à deux pas; les carrières s'empressent d'offrir gratuitement ces cailloux à qui veut bien les enlever; il n'y aurait donc eu à payer que le transport et le cassage. Comment est-il possible d'admettre que le cassage et le transport sur une très-faible distance puissent coûter 5 fr. 50 c. par mètre cube?

72. — *Mortier de chaux hydraulique et de sable*, 17 fr. 50 c. le m. c.
Ce prix paraît exorbitant. Voici comme on pourrait l'établir:
Composition et fabrication de 1 m. c. de chaux hydraulique:

1/3 m. c. de chaux en pâte, à raison de 24 fr. le m. c.	8 fr. »» c.
2/3 m. c. de sable à raison de 3 fr. le m. c.	2 fr. »»
1 journée 1/4 de manœuvre à 2 fr. la journée.	2 fr. 50 c.
Total du prix de revient du mètre cube de chaux hydraulique.	12 fr. 50 c.

Différence par mètre cube, 5 fr.

73. — *Beton*, 18 fr. 88 c. le m. c.

La réponse de ces messieurs à ma première lettre, déclare que le m. c. est revenu à 22 fr., et j'ai la certitude que le beton employé à la construction de plusieurs ponts a coûté 29 fr. 92 c.

Voici, selon moi, à combien doit revenir le mètre cube de beton :

Composition et façon du mètre cube de beton.

0 m. c. 22 de chaux en pâte, à 24 fr. le m. c.	5 fr.	28 c.
0 — 40 de sable, à 3 fr. le m. c.	1 fr.	20 c.
0 — 69 de cailloux à 2 fr. 50 c. le m. c. (quand il faut l'acheter).	1 fr.	75 c.

1 m. c. 31 qui se réduit à 1 m. c. par l'absorption.

Approche des matériaux et façon du beton, 3 journées de manœuvre à 2 fr. l'une. . . 6 fr. »» c.

Prix du mètre cube de beton fabriqué. . . . . . 14 fr. 23 c.

Différence par mètre cube ; 4 fr. 65 c., si l'on admet le prix de 18 fr. 88 c. annoncé par ces messieurs, de 7 fr. 75 c., si l'on admet le prix de 22 fr. déclaré dans leur lettre, et de 15 fr. 69 c., si, comme j'en ai la certitude, le beton employé à certains ponts a coûté 29 fr. 92 c.

Observons que les moyens mécaniques généralement usités dans la fabrication du beton et du mortier procurent une économie de moitié, ce qui réduit le prix du beton à 11 fr. 12 c. et celui du mortier à 11 fr. 25 c.

PRIX TOTAL DE REVIENT DE 14 MÈTRES CUBES DE MAÇONNERIE.

74° — *Maçonnerie en moellons :*

1 m. c. de chaux hydraulique en pâte..	24 f. »» c.
2 m. c. de sable à 3 fr.	6 »»
11 m. c. de moellons de pierres calcaires dures à 5 fr.	55 »»
3 journées de manœuvres pour fabriquer le mortier à 2 fr.	6 »»
6 journées de manœuvre pour servir le maçon à 2 fr.	12 »»
6 journées de maçon pour la mise en œuvre à 3 fr.	18 »»
Bénéfice de l'entrepreneur à raison de 10 pour cent.	12 10
Total. . . .	133 f. 10 c.

D'où il suit que le prix de 1 m. c. est de 9 fr. 50 c.

J'avais donc fait une part bien large aux éventualités en élevant ce prix à 12 fr.

Je persiste à dire que porter, comme le font ces messieurs, ce prix à 17 fr. 50 c. pour la maçonnerie de remplissage, et à 19 fr. 56 c. pour la maçonnerie en moellons de parement de roche dure, c'est exagérer beaucoup (d'environ moitié) la dépense réellement nécessaire.

75. — *Maçonnerie en pierres de taille*, 85 fr. 06 c. le mètre cube.

Sans doute la maçonnerie en pierres de taille peut revenir à ce prix et même à 200 fr. et plus, le mètre cube ; cela dépend de la destination de l'ouvrage et de la forme et de la perfection que l'on veut donner aux pierres travaillées. Mais les ponts, les souterrains, les viaducs des chemins de fer, ne demandent point, je dirai plus, ne comportent point ce luxe de forme et de fini qui coûte si cher ; la convenance et la solidité leur suffisent. La taille des pierres s'exécute tout simplement avec le marteau à pointe. — Observons que dans ces sortes de constructions les pierres n'ont besoin d'être taillées que sur cinq faces et que de ces cinq faces, deux se trouvant naturellement dressées par le sciage, il n'y a donc réellement que trois faces à tailler, et à tailler au marteau à pointe. — Les ouvrages de Vauban et de tant d'autres de nos plus habiles ingénieurs n'ont pas été traités autrement, et cela ne les empêche pas d'être d'une grande solidité et de produire à l'œil un effet imposant. Viser à un mieux complètement inutile, c'est jeter l'argent par les fenêtres ; et si on se contente du travail grossier dont s'est contenté Vauban, comment le mètre cube de maçonnerie en pierres de taille peut-il monter à 85 fr. 06 c. ? (*Voir, n°s 49 et 66 les fautes relatives à l'acquisition de la pierre de taille.*)

Cependant à ce prix, exorbitant selon moi, on ajoute encore :

Pour ragréage et rejointoiement, le mètre carré. . . . . 9 fr.

Évidement dans la pierre de taille de roche , entre deux côtés conservés , non compris la taille après l'évidement, le mètre cube (principalement pour les bandeaux). . . . . . . 35 fr.

En réunissant ces divers prix, on voit que le prix moyen de la maçonnerie en pierres de taille des divers travaux d'art s'élève à plus de 100 fr. ; c'est environ 100 p. 0/0 de trop.

BOIS DE CHÊNE POUR CINTRES.

76.—Tout frais compris et le bois restant à l'entrepreneur, les traités conclus portent le prix du m. c.

Pour premier emploi à. . . . . 38 fr.
Pour emplois suivants à. . . . . 19 fr.

Ces traités sont passés pour 3 ponts et ces 3 ponts doivent être terminées en 2 mois, chose certainement très-possible. D'où l'on peut conclure qu'à raison de 3 en 2 mois, les 27 ponts à construire entre Paris et Versailles pouvaient être tous exécutés en 18 mois, et pour cela les bois de 3 cintres de ponts suffisaient à l'entrepreneur.

En conséquence, et d'après les prix ci-dessus indiqués, voici ce que les bois de ces 3 cintres auraient rapporté à l'entrepreneur.

Pour premier emploi. . . . . 38 fr.
Pour les huit emplois suivants payés chacun 19 fr. 152

190 fr.

A quoi il faut ajouter la valeur qu'auraient encore ces bois après le dernier emploi. . . . 50

Total. . . . . 240 fr.

En admettant, ce qui paraît raisonnable, que l'achat de ces bois et la main-d'œuvre réunis, aient coûté 100 fr., ces 100 fr. auraient donc rapporté à l'entrepreneur un gain de 140 fr. en 18 mois ; c'est 14 fois la remise ordinaire qu'on accorde aux entrepreneurs.

FERS FORGÉS DE TOUTE ESPÈCE POUR CINTRES.

77.—La série de prix estime le kilogramme, le fer restant à l'entrepreneur après l'emploi, à 30 c.

Le fer forgé employé pour cintres se compose en général de frêtes, boulons, étriers, etc., dont la valeur est de 50 c. à 80 c. le kilog. (1); néanmoins admettons 1 fr. pour prix moyen. Conformé ment à ce qui vient d'être

(1) Extrait du cahier des charges pour la confection de soixante wagons de terrassement dans les usines du Creusot et de Chaillot, pour le compte de la Compagnie de Saint-German

ART. 11.

Série des prix.

Fer d'essieu, forgé, tourné, étampé, etc., ajusté et posé, le kilogramme. . . . . 0 fr. 80 c.
Fer pour ferrures, armatures, crochets, chevilles, frettes, clous de toutes les dimensions prescrites, le kilogramme, posé et ajustement compris. 0   58
Tôle pour ferrures, le kilogramme, posé et ajustement compris. 1   55

N. B. Ces messieurs se récrient sur l'exagération en moins de mes prix; (ils ne peuvent faire autrement puisque les

observé (n° 76), ce fer serait employé comme le bois, 9 fois de suite et avec cet avantage pour l'entrepreneur que le fer ne perd pas, comme le bois, la moitié de sa valeur à être constamment employé pendant 18 mois. Au bout de ce temps, à moins de quelque accident, ce fer aurait conservé toute sa force, et le kilogramme aurait rapporté 2 fr. 70 c. à l'entrepreneur, à qui il n'aurait coûté primitivement que 1 fr.; ainsi en 18 mois cet entrepreneur aurait presque triplé son capital, qui n'aurait dû lui rapporter dans le même temps que 15 pour 100.

Je ne pousserai pas plus loin ces observations; en voilà, ce me semble, bien assez pour montrer si MM. les ingénieurs de la compagnie sont en droit de taxer personne *d'inexpérience et de légèreté*. Je m'en rapporte au jugement de leurs actionnaires.

CONVERSATION.

78.—J'ajouterai pourtant quelques détails, une simple causerie, qui ne paraîtra pas indifférente à tout le monde.

Après l'adjudication faite à MM. Fould et Léo, M. le ministre des travaux publics engagea ces Messieurs, dans leur intérêt et dans celui de la justice, à confier la direction des travaux à l'ingénieur auteur du projet. Ces Messieurs vinrent en effet me trouver et me parlèrent à peu près en ces termes :

Nous vous offrons la direction des travaux, et pour vous dédommager convenablement de vos peines, nous porterons votre indemnité de 40,000 fr. à 100,000, qui vous seront comptés sans délai. Vous aurez en outre un traitement annuel de 40,000 fr.

N'ayant jamais entendu reprocher à ces Messieurs un excès de libéralité, leurs offres brillantes me surprirent, et ce fut pour moi un avis dont je me félicite d'avoir profité.

Je répondis qu'on n'était pas tenu de me payer 60,000 fr. de plus que ne portait le cahier des charges; qu'il était naturel qu'on m'assignât un traitement annuel en me confiant la direction des travaux, mais qu'un traitement de 40,000 fr. était bien fort et que mon talent ne valait pas cela.

On répliqua par des éloges sans doute sincères; et on ajouta : L'affaire est assez belle pour que l'auteur du projet y trouve un faible dédommagement des peines qu'il s'est données depuis tant d'années; mais nous espérons que vous livrerez à la compagnie vos plans parcellaires, et tous vos plans et devis des ouvrages d'art; qu'enfin vous mettrez la compagnie à même de commencer ses travaux dans le plus court délai, 2 mois ou 2 mois et demi.

Je déclarai que tous mes projets étaient prêts, et que dans le cas où les expropriations pourraient s'effectuer en 15 jours ou plutôt, j'étais en mesure de commencer les travaux.

Ces Messieurs furent enchantés; ils me dirent que la compagnie du chemin de la rive droite ne pourrait ouvrir les siens que dans 2 mois et demi ou 3 mois, qu'ainsi nous aurions sur elle un immense avantage, d'abord 2 ou 3 mois d'avance, et ensuite l'effet que produirait sur les hommes de bourse l'annonce que nos travaux seraient commencés sur plusieurs points à la fois et poussés avec une activité extraordinaire.

Puis ces Messieurs demandèrent quel temps il faudrait pour terminer les travaux; deux ans au plus, répondis-je. Ils exprimèrent quelques doutes, et j'ajoutai que toutes mes mesures étaient prises pour livrer le chemin à la circulation en 18 mois. Je fis à ces Messieurs les offres suivantes :

leurs sont exagérés en plus. La présente note fournira à leurs actionnaires et au public un sûr moyen de reconnaître la vérité dans ces dires contradictoires. On ne prétendra pas sans doute que les fournisseurs du chemin de Saint-Germain aient perdu sur leurs fournitures, ni que la compagnie ait déclaré une dépense au-dessous de la réalité tout exprès pour me donner raison dans ce débat; mais ce qu'il y a de plus piquant, c'est que le document dont l'extrait précède, sort des bureaux mêmes de messieurs les ingénieurs du chemin de la rive gauche. Comment ne se sont-ils pas adressés aux mêmes fournisseurs, ou pourquoi ont-ils payé plus cher? et à quoi leur servent les renseignements dont ils ont pris tant de soin de s'entourer?

Pour que vous puissiez compter sur la ponctuelle exécution de mes engagements, je vous offre un caution-nement de 200,000 fr. ; de votre côté vous allez vous engager à ne me jamais laisser manquer d'argent pendant toute la durée des travaux et jusqu'à concurrence du montant des devis.

Pour le coup, ces messieurs, et principalement M. Léo, laissèrent éclater la joie qu'ils éprouveraient à faire échouer l'entreprise rivale appartenant à leur co-réligionnaire M. Rotschild.

Mais, repris-je, voici encore une condition essentielle : je veux bien être l'ingénieur de ma compagnie, mais non l'ingénieur aux gages d'une compagnie. Il faut donc que j'entre pour un quart (2 millions) dans la compagnie que vous allez former. J'ai déjà placé pour 800,000 fr. d'actions, je placerai facilement le reste. Au surplus, je désire en garder pour 400,000 fr., tant je suis certain du succès de l'entreprise.

Ceci dérangeait les calculs de ces messieurs. En leur offrant un gage sérieux de l'exactitude de l'engage-ment que je prenais d'achever le chemin en dix-huit mois, tandis que celui de la rive droite ne devait pas, selon eux, être terminé avant trois ans, je rendais les bénéfices de l'entreprise plus évidents à leurs yeux, et ils n'étaient pas tentés de les partager avec moi. Après diverses observations vagues, ils finirent par cet aveu :

Vous accorder pour 2 millions d'actions au pair, c'est vous mettre dans la poche 600,000 fr.

Pressé de s'expliquer, M. Léo répondit :

Vous allez comprendre cela comme nous. — Dès l'instant que vous serez chargé de la direction de nos tra-vaux, le public ne doutera plus que notre chemin ne devienne la tête du chemin de fer de Paris à Tours par Chartres ; cette opinion fera monter nos actions à 8 ou 900 fr., peut-être à 1,000 fr. Nous pouvons vous assurer que, dans tous les cas, elles ne seront réellement vendues à la Bourse que lorsqu'elles seront cotées à 800 fr., et nous avons la certitude d'arriver là. Vous voyez donc qu'en revendant alors vos 4,000 actions, qui ne vous auraient coûté que 500 fr. chacune, vous obtiendriez un bénéfice de 600,000 fr. Comme d'un autre côté, pour assurer le succès de cette opération, il faut absolument que nous restions maîtres de la masse de nos actions, vous comprenez qu'il nous est tout à fait impossible de vous accorder ce que vous nous demandez.

Je protestai que je n'avais jamais songé à gagner un sou en revendant des actions, que je croyais même servir l'entreprise en me chargeant d'en placer un certain nombre, et que, dans ma pensée, le succès réel et durable dépendait du bon choix qu'on ferait des actionnaires.

Cette naïveté fit sourire. — L'actionnaire est toujours bon, me répondit-on ; il faut savoir le faire mordre à la bourse, et l'amener à verser les deux premiers cinquièmes. Or, ceci est notre affaire ; c'est à nous à prendre les mesures convenables ; nous sommes sûrs de réussir.

En effet, les actions du chemin de la rive gauche se sont élevées, comme on l'a vu, au taux de 800 fr., malgré la mauvaise direction des travaux.

On conçoit qu'avec des vues si opposées, l'ingénieur et les banquiers concessionnaires ne pouvaient marcher ensemble. Néanmoins MM. Fould et Léo firent une nouvelle tentative d'arrangement ; mais je compris à certains mots échappés ou lâchés à dessein, qu'ils entendaient diriger eux-mêmes les travaux, acheter tous les matériaux et les terrains, et traiter avec tous les entrepreneurs ; puis on m'annonça qu'il y aurait au-dessus de moi un conseil de direction de travaux composé d'ingénieurs ; que tous mes projets seraient préalablement soumis à ce conseil, après l'approbation duquel le conseil d'administration m'autoriserait à les exécuter.

Une semblable tutelle ne pouvait convenir à un homme qui s'occupait spécialement des chemins de fer depuis douze ans, qui avait terminé toutes ses études depuis le plus mince ouvrage jusqu'au plus considé-rable, qui avait eu l'avantage de voir ses projets approuvés par les conseils spéciaux et par toutes les auto-rités, non seulement depuis Paris jusqu'à Versailles, mais depuis Paris jusqu'à Tours.

Je déclarai que tous mes projets sans exception seraient soumis au conseil-général des ponts-et-chaussées, que je me portais fort d'obtenir l'approbation de ce conseil ; que c'était le seul dont je pusse reconnaître la compétence, et que jamais je ne consentirais à subir la condition que l'on me proposait.

Au surplus, pour préciser la manière dont j'entendais diriger les travaux, je donnai sur-le-champ commu-nication d'un extrait des statuts préparés pour la compagnie du chemin de Paris à Tours par Chartres, et il est dit expressément dans ces statuts (1) , que tous les employés techniques seront nommés et révoqués par l'ingénieur ; que leurs traitements seront fixés par le conseil d'administration , sur la proposition de l'ingénieur ; que tous les marchés seront passés par l'ingénieur et sous sa responsabilité , mais qu'ils n'engageront la compagnie qu'autant qu'ils auront été approuvés par le conseil d'administration ; que tous les travaux seront livrés à des entrepreneurs par adjudication au rabais ; que les marchés de terrains seront préparés par l'ingénieur et soumis aux mêmes formalités que les autres marchés. — C'était, comme on le voit, rendre toute concussion impossible à l'ingénieur , et en même temps lui ménager une juste garantie qu'on ne lui livrerait que de bons matériaux , condition nécessaire pour faire de bons ouvrages ; qu'ainsi son cautionnement ne serait pas compromis par les fautes d'autrui , que le capital social ne serait pas trop diminué par un défaut d'intelligence dans les marchés relatifs aux achats de terrains ; précaution raisonnable pour ne point s'exposer à manquer d'argent avant la fin des derniers travaux.

Toutes ces stipulations me semblent dans l'intérêt des actionnaires, et rassurantes pour la responsabilité des administrateurs et pour celle de l'ingénieur-directeur.

D'ailleurs il est formellement établi que toutes les opérations de cet ingénieur doivent s'exécuter sous la surveillance des 7 *administrateurs* , des 41 *membres du conseil-général* , et notamment des 3 *censeurs*, membres de ce conseil , et qui sont tenus d'exercer une surveillance permanente ; de plus tous les actes passés par l'ingénieur doivent être contresignés par le directeur de l'administration.

MM. Fould et Léo avaient d'autres vues. — L'ingénieur , me dirent-ils , n'aura à s'occuper que de ses plans et devis , et à dresser la situation des travaux exécutés par les entrepreneurs. M. Léo , qui sera le directeur-général , sera chargé de passer tous les marchés , d'acheter tous les terrains , tous les matériaux , et de nommer tous les employés , *même les employés techniques.*

(1) Extrait des statuts de la compagnie du chemin de fer de Pa ris à Tours par Chartres.

TITRE XIV.

De l'Ingénieur-directeur du matériel et des travaux,

ART. 96. Afin d'assurer l'unité de vues si essentielle à la célérité, à la bonne exécution et à l'ensemble des travaux, M. Alexandre Corréard, auteur du projet de chemin de fer de Paris à Tours, aux études duquel il a travaillé exclusivement pendant sept années, et de plus fondateur de la présente société, sera seul chargé de la direction du matériel et de la surveillance de tous les travaux à exécuter jusqu'à la mise en activité complète du chemin, ainsi que de son entretien.

Il demeurera chargé d'obtenir l'approbation de ses plans par le conseil-général des ponts-et-chaussées.

Il nommera et révoquera à son gré tous les employés des bureaux de la direction du matériel et des travaux, et gens de l'art qui devront concourir, sous ses ordres, à la confection ou à la surveillance des travaux, tels que les chefs de division, sous-chefs de division, inspecteurs, conducteurs et piqueurs ; les directeurs et sous-directeurs des ateliers de constructions de machines, voitures , wagons, etc.; tous les agents nécessaires à l'entretien du chemin , à la garde des magasins, gares, hôtel de l'établissement de l'administration, et les cantonniers, gardes du chemin, mécaniciens, chauffeurs, aides-chauffeurs et autres.

Le traitement des dits employés , ainsi que les frais de bureaux et faux-frais, relatifs à l'exécution des travaux, seront réglés sur sa proposition par décisions du conseil d'administration.

Il devra mettre le conseil d'administration à même de tenir disponibles les fonds nécessaires à l'exécution des travaux ; à cet effet, il devra fournir, dans la quinzaine qui suivra la constitution de la société, un état approximatif des besoins du trimestre ; à l'expiration du premier mois, il devra produire celui des besoins présumés du quatrième mois, et ainsi de suite jusqu'à la confection parfaite du chemin.

Tous les mois, il devra remettre au conseil d'administration un état, certifié par lui , de la situation des travaux exécutés ou commencés.

ART. 97. L'ingénieur-directeur des travaux proposera toutes les acquisitions de terrains ou d'immeubles néces-

Ainsi, dans la pensée de ces messieurs, l'ingénieur ne devait être qu'une espèce de mannequin dont un conseil d'ingénieurs, choisis par eux, aurait approuvé, rejeté ou modifié les plans, et qu'un faiseur d'états mensuels pour indiquer les à-comptes à payer aux entrepreneurs.

On disait bien que l'ingénieur assisterait à la réception des travaux, mais on réservait toujours à M. le directeur-général Léo le droit absolu d'admettre les travaux, lors même que l'ingénieur les jugerait non recevables.

Il m'était impossible d'accepter un rôle aussi humiliant, quelque avantage pécuniaire qu'on y voulût attacher ; dès lors il fallut renoncer à s'entendre.

Cependant la compagnie ne pouvant se passer d'ingénieur, et voulant se réserver la manipulation des marchés, a dû chercher des hommes qui, à cause de leur position, pouvaient, sans inconvénient pour leur réputation, devenir de simples commis des concessionnaires. Elle a donc demandé à l'administration des ponts-et-chaussées un de ses ingénieurs, comptant sans doute se procurer ainsi, d'abord un utile auxiliaire pour obtenir plus facilement l'approbation de ses projets, et d'un autre côté rendre moins active et moins gênante la surveillance de cette administration. M. Payen a donc été chargé de la direction des travaux.

Des esprits chagrins et malveillants ont dit, sans le penser peut-être, mais enfin on a dit que l'administration des ponts-et-chaussées s'était empressée d'accorder la demande de la compagnie, parce que ces sortes de demandes attestaient que les compagnies ne pouvaient point se passer des ingénieurs des ponts-et-chaus-

saires à l'établissement du chemin de fer, dépendances ou accessoires. Il donnera son avis sur la valeur des terrains ou immeubles.

Art. 98. Le siége de la direction générale et celui des bureaux de la direction des travaux, à Paris, ainsi que ceux établis sur la ligne, les locaux pour loger les employés, ou pour serrer les outils et ustensiles nécessaires à la confection du chemin seront réglés, sur sa proposition, par décision des membres du conseil d'administration.

Art. 99. L'ingénieur-directeur du matériel et des travaux passera tous les marchés ou traités avec les entrepreneurs, fournisseurs, ou ouvriers, soit par voie de soumissions au rabais, soit par voie d'arrangement amiable, selon que les circonstances l'exigeront ; toutefois ces marchés n'engageront la société et ne pourront recevoir aucun commencement d'exécution qu'après avoir été approuvés par le conseil d'administration.

Après cette approbation, les marchés ou traités seront contresignés par le directeur de l'administration, qui transmettra à l'ingénieur des travaux copie certifiée de la délibération approbative du conseil.

Il est spécialement chargé de la reconnaissance et réception des travaux d'art, et autres de toute nature, relatifs à la construction du chemin et de toutes ses dépendances, ainsi que de la vérification et acceptation, s'il y a lieu, de toutes fournitures de matériaux, machines, wagons, voitures, outils et ustensiles propres à la construction et à l'exploitation du chemin.

Il a droit de refuser tout ce qui lui paraîtra mal confectionné ou de mauvaise qualité, non conforme aux marchés ou aux échantillons remis par les fournisseurs.

Il donnera de suite avis au conseil d'administration de ses refus, admissions ou réceptions, et de ses motifs, en exprimant son opinion sur les retenues ou suspensions de paiement à faire en conséquence.

Dans ce cas, il lui sera immédiatement et séparément accusé réception de ses avis.

Art. 100. Il sera alloué à l'ingénieur-directeur du matériel et des travaux, indépendamment de son traitement fixe, une indemnité pour ses frais de voyage et de déplacement.

Art. 101. L'ingénieur-directeur du matériel et des travaux n'aura aucun maniement de fonds.

Il délivrera sur le directeur de l'administration des mandats qui seront acquittés jusqu'à concurrence des crédits ouverts par le conseil d'administration.

Art. 102. Pour garantie de sa gestion, l'ingénieur-directeur du matériel et des travaux devra laisser dans la caisse sociale un cautionnement de 200,000 fr. ou de 400 actions.

En cas de décès, démission ou destitution de l'ingénieur-directeur, le cautionnement sera remboursé dans le mois, sauf l'effet de la garantie ci-dessus stipulée.

chaussées. On a dit que les compagnies se mettaient ainsi à la discrétion de l'adminstration des ponts-et-chaussées. — On a dit que cette administration ne renonce pas au monopole des travaux publics, malgré l'échec qu'elle a reçu l'an passé devant les chambres, et qu'elle a eu l'adresse de donner à la compagnie de la rive gauche, un ingénieur dont les idées sont si incertaines, qu'avec toute son assiduité et ses bonnes intentions, il devait infailliblement contribuer à la ruine de la compagnie.

Quoique évidemment la pensée prêtée à l'administration des ponts-et-chaussées soit trop coupable pour être réelle, le malheur a voulu que l'ingénieur formât d'abord 6 brigades, comprenant ensemble 30 employés, pour faire le nivellement et le tracé de Paris à Versailles (4 lieues 1/2), et que 10 mois après, ce tracé et ces opérations ne fussent pas encore terminés. A peine avait-on commencé sur quelques points les travaux de terrassement et les travaux d'art! Aujourd'hui même, au bout de 22 mois, ce tracé n'est pas encore définitivement arrêté, 8 millions sont déjà dépensés, et les travaux exécutés forment au plus le tiers de la totalité.

On a dit encore que cet état de choses était une bonne fortune pour la compagnie, qui procéderait à de nouveaux appels de fonds, et multiplierait ainsi ses opérations de bourse et ses bénéfices. Je n'entends ni l'affirmer ni le nier; mais les antécédents de M. Payen, sa réputation de probité, qui répondent suffisamment de sa délicatesse, ne prouvent rien relativement à la compagnie, dont il n'est d'ailleurs que le premier commis.

On a même ajouté : Les concessionnaires ont vendu 800 fr. leurs actions de 500 fr.; il y a 16,000 actions, qui ont ainsi rapporté un bénéfice total de 4,800,000 fr. Puisqu'ils reconnaissent que l'entreprise est bonne, et qu'ils déclarent formellement qu'un emprunt de 5 millions suffira pour terminer entièrement tous les travaux, pourquoi ne prêtent-ils pas à l'entreprise ce bénéfice de 4,800,000 francs qu'ils en ont déjà su tirer, et qui serait ainsi placé d'une manière si sûre et si avantageuse? Ne croient-ils pas eux-mêmes ce qu'ils disent en déclarant qu'un emprunt de 5 millions suffirait pour tout achever? S'ils ne le croient pas, eux qui sont à la tête de l'entreprise, comment espèrent-ils que d'autres capitalistes le croirout? S'ils ne veulent pas risquer dans leur entreprise, même le bénéfice qu'ils en ont tiré, comment veulent-ils que d'autres capitalistes y hasardent leur propre fortune?

A cet argument je ne vois guère de réponse possible, et l'emprunt des 5 millions me semble bien difficile à opérer.

Les négociations tentées trois fois par MM. Fould et Léo, ont échoué complètement, et il n'est pas inutile d'apprendre au public que ces messieurs se sont adressés à M. Laffitte, banquier de ma compagnie, et l'ont invité à se charger de leur emprunt. M. Laffitte était trop prudent, trop habile et trop homme de bien pour accéder à une pareille proposition; il l'a repoussée.

MOTIF PRINCIPAL DE LA RUINE DE L'ENTREPRISE.

79° — L'adjudication au rabais d'une entreprise de chemin de fer, est un des plus sûrs moyens de vicier dans son principe cette entreprise et de la faire échouer, car c'est la livrer aux individus qui oseront promettre d'exécuter les travaux au plus bas prix.

Un homme probe, spécial et capable, qui, parce qu'il est probe, voudra que les travaux soit irréprochables; qui, parce qu'il est spécial et capable, saura ce que doivent coûter les terrains, les matériaux, la main-d'œuvre, et comment les travaux de toute espèce doivent être exécutés pour répondre à leur but et aux justes espérances des actionnaires; qui, parce qu'il est probe, ne voudra trouver dans l'affaire que le bénéfice légitime qu'elle doit naturellement lui présenter en récompense de ses peines; qui, parce qu'il est spécial, verra son honneur compromis et son avenir perdu, s'il exécute mal, un pareil homme ne sera certainement pas celui qui offrira d'exécuter au plus bas prix.

Mais un homme étranger à la spécialité, un homme de bourse qui, parce qu'il est étranger à la spécialité, ignore tout ce qu'il faut savoir pour bien diriger ou bien surveiller la marche des travaux; qui, parce qu'il est étranger à la spécialité, ne compromet ni son avenir ni sa réputation, soit en négligeant entièrement tout ce qui se rapporte aux travaux, soit même en prenant ou en approuvant des mesures capables de leur nuire ou de vicier le tracé; qui, parce qu'il est étranger à la spécialité, peut toujours rejeter toutes les fautes, toutes les erreurs techniques sur l'ingénieur, dont il fera son premier commis ; qui, parce qu'il est homme de bourse, ne voit dans l'entreprise qu'un moyen de faire des opérations de bourse aussi faciles que lucratives ; qui, parce qu'il est étranger à la spécialité et homme de bourse, n'a rien à perdre à la ruine de l'entreprise, et d'autant plus à gagner qu'il y aura plus d'appels de fonds à faire, et par conséquent plus d'occasions d'opérations de bourse, cet homme-là sera toujours celui qui offrira d'exécuter au plus bas prix.

Il est certain qu'avec le premier, l'entreprise doit réussir, et qu'avec le second elle court les plus grands risques. La concession directe du chemin de la rive gauche faite à l'ingénieur auteur du projet, comme il l'avait demandé, aurait, je l'espère, prouvé le premier point ; le second point n'est que trop démontré par l'adjudication qui a livré cette entreprise à deux hommes de bourse, MM. Fould et Léo.

80. — Et qu'on ne s'imagine pas trouver dans un conseil d'administration une garantie efficace ; cette garantie est tout à fait illusoire.

Un conseil d'administration composé d'hommes honnêtes, spéciaux, déterminés à suivre attentivement toutes les affaires de l'entreprise, et revêtus d'un pouvoir suffisant pour arrêter tous les écarts et réprimer tous les abus, offrirait une grande sécurité au public et aux actionnaires ; mais il faut qu'ils réunissent ces quatre conditions à la fois ; si une seule leur manque, le conseil n'est plus qu'un moyen de déception. C'est, j'ose le dire, ce qui arrive ici, et c'est une déception surtout lorsque les administrateurs ne sont pas payés et largement payés.

Le conseil d'administration est composé de neuf membres, savoir : les deux concessionnaires MM. Fould et Léo ; 3° M. de Mecklnbourg, l'un de leurs associés ; 4° M. de Dreux Brézé, pair de France ; 5° M. le général Jacqueminot, député ; 6° M. Teste, député ; 7° M. Talabo, député ; 8° M. Raguet-Lépine, député ; 9° M. Usquin, membre du conseil municipal de Versailles.

Il est évident que les trois premiers, parmi lesquels figurent M. Léo, directeur général de l'entreprise, ne doivent être ici comptés pour rien, lorsqu'il s'agit de contrôler, de surveiller, de redresser les actes de M. Léo, leur associé ; il ne faut donc compter que sur les six autres administrateurs. Voyons quel fonds peuvent faire sur eux le public et les actionnaires, et pour cela examinons s'ils remplissent les quatre conditions déjà énoncées, et que tout homme raisonnable estimera également indispensables.

Que ces six messieurs soient tous des hommes honnêtes, c'est ce dont personne ne doute ; mais ce n'est là qu'une seule des quatre conditions ; un administrateur a beau être intègre, s'il ne connaît pas la spécialité, quelle surveillance peut-il exercer ? si, étant intègre et spécial, il est empêché de suivre les affaires, comment arrêtera-t-il les écarts ou réprimera-t-il les abus ? si, étant intègre, spécial et attentif, il n'a pas un pouvoir suffisant pour entrer dans tous les détails et s'opposer à tout ce qui est mal, à quoi sert son intervention ?

Or, M. de Dreux-Brézé, homme d'esprit, vivant habituellement à la cour, ira-t-il renoncer à toutes ses habitudes, déserter la cour et la chambre des pairs pour s'enfoncer deux ans et plus dans les détails des marchés de M. Léo, dans les difficultés techniques, dans les calculs minutieux, dans les chicanes de chiffres, dans les embarras incessants d'une entreprise industrielle, qui n'est pas son affaire propre ? quand il le voudrait, le pourrait-il avec quelque succès pour une entreprise dont la spécialité lui est tout à fait étrangère ?

Croit-on que le service de la garde nationale, qui roule presque tout entier sur M. le général Jacqueminot, lui laissât le loisir de remplir avec une satisfaisante vigilance ses fonctions d'administrateur du chemin de la rive gauche, lors même qu'il réunirait, à la volonté de s'y livrer sérieusement, les connaissances spéciales qu'un général n'est pas tenu de posséder.

M. Teste, bâtonnier de l'ordre des avocats, avocat des plus distingués, l'un des premiers orateurs de la chambre des députés, est trop absorbé dans ses travaux législatifs, et dans ceux que lui demande sa clientèle, dans laquelle figure l'administration des douanes, pour avoir beaucoup de temps à donner gratis à l'entreprise d'un chemin de fer, où il n'a qu'un faible intérêt, et d'ailleurs fera-t-il les études spéciales, afin de se mettre en état de surveiller et d'arrêter tous les genres d'abus et d'écarts possibles, en une entreprise où l'on ne saurait voir clair à moins d'examiner jusqu'aux moindres détails techniques, dont par conséquent il faut avoir la connaissance, et jusqu'à un certain point, l'habitude.

En sa qualité d'industriel, M. Talabo pourrait être fort utile dans le conseil d'administration, mais lorsqu'il est à Paris ses devoirs de député lui laissent peu d'instants ; mais en tous temps sa fabrique de tuyaux, les grands intérêts qu'il a dans l'entreprise du chemin de fer d'Alais à Beaucaire, réclament toute son attention, et il ne serait pas raisonnable d'espérer qu'il négligera ses propres affaires pour surveiller gratuitement celles du chemin de Versailles.

M. Raguet Lépine a une fortune considérable consistant en propriétés territoriales situées en grande partie dans le département de Loir et Cher, il en dirige lui-même l'exploitation, sa présence est donc nécessaire sur les lieux, il ne peut donc s'occuper sérieusement des affaires de la compagnie. D'ailleurs M. Raguet Lépine n'est pas un homme plus spécial que ses collègues, et fût-il constamment présent et attentif, il ne saurait non plus qu'eux contrôler les diverses parties de l'administration de M. le directeur-général Léo.

M. Usquin, marchand de nouveautés à Versailles, et membre du conseil municipal de cette ville, tout occupé de son commerce et de l'administration locale, ne devant pas d'ailleurs posséder les connaissances spéciales qu'exigent ses fonctions d'administrateur du chemin en construction, ne saurait non plus être d'aucun secours.

On ne peut pas objecter que ces six administrateurs étaient actionnaires, car chacun d'eux n'ont souscrit que pour 30 actions, ne valant ensemble que 15,000 fr., si, comme cela est très vraisemblable, on leur a fait la galanterie de les leur livrer au pair ; or, qu'est-ce que 15,000 fr. pour des hommes de cette position, et quelle assiduité cela peut-il leur commander ?

84. — Je poserai ici un principe général, et dont nul homme de bonne foi ne contestera la justesse.

Autrefois, dit-on, il y avait beaucoup d'hommes désintéressés, qui, se passionnant pour un travail, pour une affaire, y consacraient gratis leur temps, leurs talents et leurs peines. Assurément c'était fort beau. En est-il de même aujourd'hui ? qui osera répondre oui ? Aujourd'hui, si l'on excepte un nombre imperceptible d'individus de ce genre, personne ne donne rien pour rien ; chacun calcule, et presque toujours s'exagère le prix de son talent, de ses moindres soins, de son assiduité, de son attention à une chose qui n'est pas la sienne. Et ce n'est pas seulement le peuple ouvrier qui en est là, c'est la population tout entière, les hautes classes, les classes riches, tout aussi bien ou plus que les autres. —On aime encore assez à s'être et à s'intituler M. L'administrateur de telle ou telle grande entreprise, mais on n'entend pas du tout accepter le titre avec la condition sérieuse de s'astreindre gratis à l'assiduité et aux soins qu'il suppose. On prête son nom à des gens habiles qui le sollicitent pour appâter, et ensuite endormir l'actionnaire, et surtout pour avoir des protecteurs puissants auprès de l'autorité ; mais on se réserve de ne prendre de peine que pour l'argent qu'on reçoit, et comme on n'en reçoit pas, on se met à son aise, on assiste à quelques séances par-ci par-là, puis, reconnaissant l'impossibilité de se réunir en nombre raisonnable, et les ennuis du travail, et la multitude des détails et des difficultés surgissant de toutes parts, on cherche sur qui rejeter le fardeau ; des personnages complaisants ne manquent pas de se présenter ou de se faire trouver, toujours résignés à se dévouer, à se sacrifier ; on leur jette l'affaire sur les bras, et on la laisse aller où et comme la conduisent ces généreux martyrs de l'intérêt général.

Que l'actionnaire ose ici se plaindre, l'administrateur est tout prêt à répondre : estimez-vous que je ne gagne pas bien mes appointements ? suis-je payé ? Exigez-vous que pour vos affaires je néglige les miennes, ou seulement mes plaisirs ? N'êtes-vous pas contents ? reprenez votre place, que j'ai eu le tort d'accepter par complaisance.

L'actionnaire, qui craint une pareille réponse d'un administrateur non payé, n'a garde de se plaindre ; et l'entreprise va en dépit du bon sens.

Mais si l'administrateur était payé, et payé sur un pied raisonnable, fût-il maréchal de France, duc et pair et du sang de Charlemagne, l'actionnaire ne verrait plus en lui que son employé salarié ; l'actionnaire le tiendrait en bride, et au besoin saurait bien lui dire : Je vous paie pour me bien servir et vous me servez mal ; vous manquez d'assiduité, d'application, ou des capacités spéciales ; si vous ne voulez ou ne pouvez remplir mieux vos fonctions, quittez-les ; pour notre argent nous trouverons ce qu'il nous faut.

L'administrateur, qui saurait cela d'avance, ou n'accepterait pas la place sans intention, ou sans possibilité de la bien remplir, ou bien, l'ayant acceptée, il la remplirait convenablement; et les intérêts de l'entreprise, ceux des actionnaires et du public trouveraient alors dans le conseil d'administration l'aptitude et le zèle nécessaires pour leur constituer une garantie réelle et suffisante.

Sur des administrateurs rétribués pèse une responsabilité sérieuse, et qui, en cas de malversation ou de fautes graves de la part des agens de la Compagnie qu'ils ont mission de surveiller et de maintenir, pourrait donner lieu à des poursuites judiciaires, à des recours en indemnités contre ces administrateurs, s'ils étaient convaincus non seulement de connivence, mais même de négligence ou d'incapacité. Aucune responsabilité sérieuse ne saurait peser sur des administrateurs non payés, lors même qu'ils auraient participé à des concussions, s'ils y avaient mis un peu d'adresse. Qu'on les poursuive devant les tribunaux, ils nieront avoir participé à aucune malversation. Personne ne pourra prouver le contraire, et quel juge poussera la rigidité jusqu'à condamner à payer des indemnités pour simple fait de négligence, des hommes presque toujours haut placés, qui, ayant accepté un emploi sans appointements, sont censés par cela même ne l'avoir accepté qu'à condition de n'en prendre qu'à leur aise. Leur incapacité paraîtra encore bien moins punissable; car s'ils sont incapables, pourquoi les a-t-on choisis? — S'ils étaient payés, leur incapacité ne serait plus innocente; en acceptant un salaire, ils s'engagent naturellement à apporter dans leurs fonctions tous les genres d'aptitude qu'elles exigent, la capacité spéciale comme toutes les autres, et s'ils ne l'ont pas, ils trompent en cela la confiance de ceux qui les paient, et ils doivent une indemnité pour les dommages résultant de cette incapacité.

Il n'est que trop vrai qu'un conseil d'administration non payé, et qui d'ailleurs ne réunit pas les quatre conditions ci-dessus (Voir n° 80) n'est qu'une déception, et peut devenir pour les actionnaires la plus dangereuse de toutes les déceptions.

82. — Supposez un conseil d'administration rétribué et réunissant les quatre conditions ci-dessus énoncées, un pareil conseil eût infailliblement sauvé l'entreprise du chemin de la rive gauche; voici comment :

Un semblable conseil aurait, avant tout, exigé des projets et des devis complets, bien entendus et définitivement arrêtés, de sorte qu'il aurait vu au premier examen, si le capital de 8 millions suffisait ou ne suffisait pas pour tout achever; si ce capital ne devait pas suffire, il aurait empêché de commencer des travaux qu'on n'était pas sûr d'achever, puisqu'on n'avait pas assez d'argent; il aurait exigé que les actionnaires fussent prévenus avant que leurs fonds fussent engagés. Alors les actionnaires auraient retiré leur argent ou consenti à un appel de fonds, pour qu'on réunît tout l'argent nécessaire, et en ce point tous les intérêts légitimes étaient garantis; ils sont tous compromis ou sacrifiés.

Un semblable conseil d'administration n'aurait donc laissé commencer les travaux qu'avec de bons et complets devis et avec un capital reconnu suffisant. Ce conseil aurait de plus exigé des rapports mensuels indiquant les progrès des travaux, le montant des dépenses, etc., il se serait donné la peine de faire vérifier sur les lieux par quelqu'un ou quelques-uns de ses membres l'exactitude de ces états mensuels relativement aux travaux, aux paiements faits aux entrepreneurs, etc., et dès le commencement du second, du troisième mois au plus tard, il aurait reconnu d'abord qu'on perdait beaucoup de temps, et ensuite que les dépenses des ouvrages excédaient énormément le chiffre déclaré au devis. Par exemple les trois ponts des chemins de la Justice, de Paris à Vanvres et de Vanvres à Montrouge, devaient être terminés en deux mois; au commencement du troisième mois le conseil aurait constaté si on avait rempli les conditions de temps. — Le pont de Clamart devait, suivant le devis ne coûter que 20,000 fr.; le conseil aurait observé qu'il coûtait 80,000 fr.; un pareil exemple lui aurait fait prévoir des mécomptes du même genre pour les autres ouvrages; il aurait craint pour sa propre responsabilité, il aurait sur-le-champ arrêté les travaux et fait prévenir les actionnaires, ou en cas de refus du directeur général, il les aurait prévenus lui-même par la voie des journaux, afin qu'ils avisassent en assemblée générale aux moyens de garantir leurs intérêts. Il était temps alors; le capital n'était encore que faiblement entamé.

Mais avec le conseil d'administration actuel qui, malgré toute l'intégrité, toute la droiture et tous les genres de mérite de ses six membres sérieux, n'est pas celui que je déclare nécessaire, on a été forcé de laisser la bride sur le col au directeur général, aux ingénieurs, à tout le monde; chacun a marché au hasard, suivant ses allures et ses idées du moment ; l'affaire s'est fourvoyée, le capital s'est épuisé pour ainsi dire jusqu'au dernier sol, et c'est seulement au bout de dix-huit mois, c'est seulement lorsqu'on a été entravé par le manque de fonds , qu'on s'est arrêté ne pouvant plus aller , et qu'on s'est avisé de prévenir les actionnaires qu'on n'avait plus d'argent et qu'il en fallait encore beaucoup pour achever le chemin , quoique le capital versé eût dû être suffisant apparemment, puisqu'on n'avait demandé que cela pour tout terminer. Maintenant il est bien temps de prévenir les actionnaires ! leurs fonds sont dépensés. Aussi ne prétendait-on pas les prévenir , mais seulement leur arracher de nouveaux fonds , et les leur arracher de la manière la plus violente, car en les prévenant si tard , on les met dans la nécessité ou de perdre leur première mise, ou d'en risquer une seconde dans l'espoir très incertain de sauver la première. En vérité, quelle que puisse être la pureté des intentions, cela ressemble trop à un guet-apens et le conseil d'administration n'y peut rien.

A défaut du conseil d'administration, qui s'est effacé par impuissance, le directeur général, les ingénieurs mêmes voyant toutes leurs prévisions dépassées de beaucoup dès les premiers travaux , devaient prévenir les intéressés et tout suspendre en attendant une assemblée générale. C'est ce que leur commandait leur responsabilité personnelle, et le soin de leur réputation d'homme d'honneur, et d'homme de l'art. Au lieu de cela, on a précipité les dépenses comme si on avait un puissant intérêt à dépenser tout le capital social , bien ou mal, peu importe, mais avant de rendre un compte détaillé de la situation de l'entreprise. Est-ce préoccupation de travailleurs ? mais la préoccupation la plus forte devait être de mettre sa responsabilité à couvert. Est-ce légèreté ? mais un tel excès de légèreté dépasse les limites du possible, et serait vraiment admirable en des gens qui taxent les autres de légèreté. Quels motifs pouviez-vous donc avoir de reculer ce que n'auriez su faire trop tôt , de remettre au dernier moment l'aveu que la dépense excéderait au moins de 100 p. 100 les prévisions de vos devis? Dites ces motifs ; ils doivent être puissants et on a besoin de les connaître.

Quoi qu'il en soit, un conseil d'administration payé et composé d'hommes aptes à leurs fonctions, aurait prévenu le désastre de l'entreprise.

83. — Que devait-il inévitablement résulter, et qu'est-il en effet résulté de l'inaptitude évidente des six administrateurs sérieux et désintéressés du conseil d'administration du chemin de la rive gauche?

Après deux ou trois réunions, le conseil lui-même, convaincu de son impuissance, et voyant tous ses membres sollicités par leurs propres affaires et leurs habitudes, s'est empressé de se débarrasser d'un rôle qui ne leur convenait en aucune manière, et n'a imaginé rien de mieux que de donner à M. Léo plein-pouvoir de *diriger* et d'*administrer* tout à la fois les opérations de la compagnie. Ces deux fonctions, évidemment incompatibles, le constituaient en même temps juge et partie. Il était le directeur-général, il devint en réalité, et à lui tout seul, tout le conseil d'administration. Comme directeur-général, il pouvait prendre toutes les mesures dont il s'avisait; comme unique administrateur de fait, il eut seul le droit de les contrôler. Assurément rien n'est plus commode pour la personne qui cumule de pareilles fonctions ; mais le compte-rendu aux actionnaires le 11 novembre 1838, et qui ne parle nullement de cette singularité , atteste qu'on aurait pu sans trop de peine imaginer quelque chose de mieux pour l'entreprise ?

En admettant même que cette décision du conseil d'administration, qu'on m'assure avoir été prise, ne l'ait pas été , n'est-il pas vrai que les six administrateurs non associés de M. Léo, ne pouvant que le laisser faire, le conseil d'administration était là comme s'il n'était pas, et qu'ainsi l'entreprise se trouvait abandonnée au génie de M. Léo tout aussi complètement que si la mesure avait été décidée et exécutée?

84. — La première idée qui se présente lorsqu'on voit M. Léo investi d'un tel pouvoir et d'une confiance si illimitée , c'est qu'il doit en être effrayé lui-même, et que, soigneux de mettre sa réputation et sa responsabilité à couvert autant que possible, il va s'empresser tout d'abord d'organiser une administration habile pour l'éclairer et le redresser au besoin, et d'établir une comptabilité parfaitement régulière pour se mettre en état de rendre à tout moment aux actionnaires un compte si exact, si complet, si méthodique, qu'ils pourront examiner et vérifier toutes ses opérations , toutes ses dépenses , jusque dans les moindres détails. — Eh bien ! j'ai appris des employés de l'entreprise que , six mois après les travaux commencés, M. le directeur-général n'avait pas encore d'administration; que tout se trouvait concentré dans les bureaux de MM. les

ingénieurs, qui comptaient plus de cent employés, dont plus de vingt pour le service spécial de leur bureau, le reste pour surveiller les travaux; que ces ingénieurs remplissaient en même temps les fonctions de directeur-général, de directeurs des travaux d'art, de comptables, de payeurs, etc.—On raconte, et j'en ai la preuve, que plusieurs employés des travaux d'art, s'étant laissé déléguer par MM. les ingénieurs les fonctions de caissier et de payeurs, et n'ayant aucune habitude de ce genre de service, y ont perdu de l'argent.—On m'assure avoir vu en un même atelier trois employés chargés de surveiller deux ouvriers! Les bureaux de MM. les ingénieurs présentaient une douzaine de dessinateurs, dont un bon nombre s'amusait à faire des copies des plans de divers ouvrages publiés sur les chemins de fer déjà existants, copies qu'ils vendaient ensuite à des amateurs.—Ainsi, comme on le voit, l'administration de M. Léo a été pendant longtemps un véritable chaos, et probablement n'est pas encore autre chose.

85. — Quant à la complaisance avec laquelle MM. les ingénieurs ont consenti à cumuler toutes les fonctions qu'on leur imposait, elle est d'autant plus étonnante que jamais en France les ingénieurs n'ont voulu manier ni l'argent de l'État ni celui des compagnies. Et, en effet, il est de principe que diriger les travaux et payer les entrepreneurs sont deux services qu'il ne faut jamais réunir dans la même main.

Aussi combien de fautes, et quelles fautes sont sorties de ce chaos!

86. — Le capricieux changement de tracé entre Vanvres et la route de Clamart a nécessité une dépense inutile de plus de 720,000 fr. de remblai à 2 fr. 56 c. le m., plus deux ponts de 120,000 fr.

87.—Le changement de tracé dans le val de Fleury, substitue à un remblai de 32 m. de hauteur un remblai de 36 m. de hauteur, et un viaduc à une partie de ce dernier remblai. Le remblai du tracé primitif n'eût coûté que 500,000 fr., le viaduc coûtera 2,500,000 fr., surcroît de dépense de 2,000,000.

88. — Le changement de tracé à Bellevue exigera un pont de plus, augmentera les travaux et le remblai du chemin creux, et la tranchée de Meudon, tout cela produira encore inutilement un surcroît de dépense de 200,000 fr.

89. — En changeant, toujours sans raison, le tracé dans le parc de Chaville et le haras de Viroflay, en traitant comme on l'a fait avec les deux propriétaires, on a occasionné encore un nouveau surcroît de dépense de plus de 200,000 fr.

Notons que la traversée de ces deux parcs est d'environ 1,200 m., que chaque mètre courant de cette partie revient à plus de 1,000 fr., quoiqu'elle ne soit établie que sur des terres labourables entourées de murs, et décorées du titre de parc; c'est à raison de 4,000,000 par lieue.

90. — Le changement de tracé entre Viroflay et Versailles a forcé: 1° à exécuter entre Viroflay et la rue de Vergennes, un remblai de 194,356 m. c. qui a coûté 485,589 fr., à raison de 2 fr. 50 c. le m. c.; 2° à construire dans le sable un souterrain de 275 m. de longueur, et qui coûtera plus de 2,000 fr. le m. courant; 3° 4 ponts; 4° des murs de soutenement, dont la hauteur varie de 5 à 13 m., sur une longueur de 520 m. En somme, ce changement accroîtra de 1,000,000 fr. au moins les dépenses de l'entreprise.

91. — On a substitué des traverses en bois aux dés en pierre indiqués par les devis primitifs. — Ces dés en pierre n'auraient coûté que 3 fr. il y en aurait eu 79,200, qui ensemble seraient revenus à 237,600 fr. Les traverses en bois, qui dureront beaucoup moins (5 ou 6 ans au plus), coûteront 12 fr., il y en a 39,600, elles reviendront ensemble à 475,200 fr.; Les traverses en bois exigent, sur toute la surface du chemin, une couche de sable de minière, de 50 centim. d'épaisseur, destinée à servir de matelas à ces traverses et à les recouvrir. Le chemin a un développement total de 19,800 m., y compris les doubles et triples voies, il a une largeur de 7 m., le cube de la couche de sable sera donc 65,800 m. c., qui, à raison de 5 fr. l'un, coûteront ensemble 319,000 fr. Ajoutant à cette dépense le prix des traverses en bois, 475,200 fr., on aura 794,200 fr., et retranchant le prix des dés, 237,600 fr., on verra que la substitution des traverses en bois aux dés en pierre amènera encore un inutile et même nuisible surcroît de dépense de 556,600 fr.

92. — On a porté de 20 kilog. à 32 kilog. le poids du mètre courant de rails. — La longueur de chaque ligne de rails est de 19,800 m.; il y en a quatre lignes, elles offrent donc ensemble 79 200 m. courants de rails, qui au poids de 20 kilog. le m. courant donnent 1,584,000 kilog. et qui au prix de 50 c. le kilog. valen'

6

792,000fr. Or, au poids de 32 kilog. le m. courant, les quatre lignes ensemble donnent 2,534,400 kil., qui au prix de 50 c. le kilog. valent 1,267,200 fr.; l'augmentation tout à fait inutile du poids des rails, ajoute donc encore aux dépenses un surcroît en pure perte de 475,200 fr.

93. — La compagnie a demandé ses machines locomotives à l'industrie anglaise, quoique l'industrie française eût pu les lui fournir tout aussi bonnes, tout aussi puissantes et à meilleur marché. Ces machines, au nombre de 10, coûtent à l'entreprise 439,984 fr.; les industriels français en auraient fourni de pareilles à raison de 25,000 fr., on tout au plus de 30,000 fr.; les 10 n'auraient donc coûté que 300,000 fr., c'est donc une addition de dépense inutile et anti-nationale de 139,984 fr.

94. — On porte à 936,188 fr. la dépense pour matériel d'exécution et d'exploitation; ce titre annonce que dans cette dépense de 936,188 fr. est compris l'achat au moins d'une grande partie du matériel d'exploitation, c'est-à-dire les machines locomotives, les diligences et les wagons. Or, qu'on examine le compte-rendu aux actionnaires, on y verra que les machines locomotives ont coûté, comme je viens de le dire, 439,984 fr., et forment un article à part; si donc leur prix est porté dans cette somme de 936,188 fr., il y fait double emploi. Le prix des diligences et des wagons pour le transport des voyageurs et des marchandises, ne peut pas non plus être compris dans cette somme de 936,188 fr. puisqu'il n'en est pas question dans le rapport, et que s'il y en avait de fait, d'abord on n'aurait pas manqué de le dire, et ensuite on aurait fait de cette dépense considérable, un article à part comme pour les locomotives. Les wagons que l'on a, et dont on a soin de parler, ne sont par leur forme spéciale, propres qu'aux travaux de terrassement et aux transport des matériaux de construction; on les a donnés pour tels, on les accolant aux tomberaux et aux brouettes; ces wagons, tout spéciaux, ne sauraient donc, en aucune manière, être classés dans le matériel d'exploitation; ainsi cette dépense de 936,188 fr. qu'on donne comme dépense de matériel d'exécution et d'exploitation, n'est, purement et simplement, que le prix du seul matériel d'exécution. C'est presque 1 million pour la construction d'un chemin dont les travaux, mieux entendus et mieux conduits, n'auraient coûté depuis la Croix-Rouge jusqu'à Versailles que 8 millions. J'estime qu'une direction économe et intelligente et des ingénieurs habiles auraient pu faire sur cet objet une réduction de 500,000 fr. au moins.

95. — 667,300 m. c. de terrassement ont été exécutés, et l'ont été à raison de 1 fr. 90 c. et une fraction le mètre cube. Il en reste à faire 556,000 m., ensemble 1,223,300 m. c. qui, à 1 fr. 90 c., reviendront à la compagnie à 2,324,270 fr. Ce prix doit être réduit à 1 fr.; c'est donc une dépense en trop de 1,100,970 fr.

96. — Les frais de bureaux, de surveillance et faux-frais, pour les parties déjà faites, sont portés à 308,224 fr.; on peut, sans exagération, réduire de moitié cette dépense; il y a donc ici une nouvelle perte de 154,112 fr.

97. — Si, comme il était juste de l'espérer, le compte-rendu précisait le cube des travaux de maçonnerie déjà exécutés, et le cube de ceux à exécuter, au lieu d'omettre ces deux données, pourtant si intéressantes; on y verrait un peu plus clair. En l'absence de ces deux renseignements, je suis forcé de raisonner sur le chiffre de la dépense déclarée pour cet objet. On a vu (N° 36) que ces messieurs évaluent environ au double du prix possible le prix du mètre cube de maçonnerie; comme ils présentent ici une dépense de 1,200,558 fr. en travaux de maçonnerie et que ces travaux forment au plus le tiers de ceux à faire; il faut conclure qu'ils dépenseront de trop 2,401,116 fr.

RÉCAPITULATION DES DÉPENSES FAITES EN TROP POUR DES TRAVAUX DÉJÀ FAITS OU A FAIRE.

98. — Remblais et ponts du clos de Montholon, compris le remblai de la gare de
Vanvres (n. 36) . . . . 840,000 fr.

Viaduc du val de Fleury (la totalité des travaux est comprise quoique l'ouvrage ne soit
pas achevé) (n. 16 à 25 et 36) 2,000,000

Déblai et pont de Bellevue 200,000

Travaux non justifiés dans le parc de Chaville et dans le haras de Viroflay (n. 3) . . 200,000

Changement de tracé pour l'entrée à Versailles (n. 10) 1,000,000

A reporter. 4,240,000

	Report. . . .
Traverses en bois et couche de sable substitué aux dés en pierre (cette note comprend la totalité des traverses et de la couche de sable , parce qu'on ignore la partie déjà termi-	4,240,000
née) (n. 91).	556,600
Augmentation du poids des rails (totalité comprise) (n. 92).	475,200
Machines locomotives (n. 93).	139,984
Matériel d'exécution (n. 94).	500,000
Terrassement (n. 95).	1,100,970
Frais de bureaux et autres (n. 96).	154,112
Maçonnerie (n. 97).	2,401,116
Acquisition de terrains (n. 44).	2,000,000
Total.	11,567,972 fr.

N. B. Ces excédants de dépenses se rapportent, comme on le voit, à des travaux déjà exécutés et à d'autres qui ne le sont qu'en partie ; ce n'est qu'un aperçu sommaire des sommes inutilement employées. Cet aperçu ne pourra être complété qu'après que tous les travaux seront entièrement achevés et toutes les dépenses connues ; mais tel qu'il est aujourd'hui , il peut déjà éclairer messieurs les actionnaires.

PARALLÈLE DE MES DEVIS ET DE CEUX DE LA COMPAGNIE.

Après avoir épuisé presque jusqu'au dernier sol, son capital social montant à 8,000,000 , et ne se trouvant point encore à la moitié de ses travaux , la compagnie a jugé à propos d'accuser l'insuffisance de mes devis. Assurément rien ne l'y forçait, elle pouvait chercher à se disculper sans m'accuser , et peut-être j'aurais aussi gardé le silence. Mais en m'attaquant elle m'a forcé de me défendre ; qu'a-t-elle gagné à cela ?

Voyons si, après tout, ces devis auxquels elle semble imputer ses mécomptes, quoique rien n'atteste qu'elle les ait crus , quoique tout révèle qu'elle ne les a pas même consultés , voyons si ces devis sont en effet si insuffisans.

99.—Le chiffre total de mon devis pour le cas où le chemin partirait du quai Malaquais est
de. . . . . 8,946,000 fr.

On n'y voit figurer aucune dépense pour le matériel d'exploitation , ce n'est pas oubli. Ayant d'abord étudié mon projet pour toute la ligne de Paris à Tours , et ne considérant la partie comprise entre Paris et Versailles que comme la tête de cette grande ligne, à l'époque où des circonstances pressantes m'ont forcé de présenter séparément cette partie comme chemin spécial de Paris à Versailles , j'aurais craint un double emploi en portant au devis de cette partie le matériel d'exploitation qui figurait dans le devis de la ligne entière , et qui, là , me semblait mieux à sa place ; j'en ai fait l'observation expresse page 32, art. 6 du devis inséré dans ma brochure , dont parlent ces messieurs, qui ont eu soin de n'y voir que ce qui leur convenait, et encore de le voir à leur manière (1) ; mais puisque la compagnie du chemin spécial compte dans ses dépenses , et en cela elle a raison, un matériel d'exploitation, et qu'elle me chicane sur le chiffre, selon elle, insuffisant de mes devis, je dois rétablir dans ces devis le prix du matériel d'exploitation. Dans un premier projet de chemin spécial de Paris à Versailles, j'avais porté ce prix à 1,204,000 fr. . . 1,204,000

Total. . . . . . . 10,150,000 fr

On vient de voir (n° 98) que les changements inutiles faits à mon tracé, et les mesures,

(1) Il y est dit : tous ces articles (ceux du matériel d'exploitation) sont compris dans le devis de la deuxième partie du projet, comprise entre Versailles et Tours.

Report. . . 10,150,000 fr.

fausses prises par la compagnie contrairement aux indications de mes devis, ont causé des surcroîts de dépense dont la somme monte à 11,567,982 fr. Si l'on veut à toute force comparer le chiffre de la compagnie au mien, il faut ajouter au mien cette dépense que je n'étais pas tenu de porter en compte, puisqu'elle était complètement inutile ou plutôt nuisible.. . . . . 11,567,972 fr.

Ainsi complété, et de plus augmenté des dépenses provenant des changements opérés par la compagnie Fould, mon premier devis, en partant du quai Malaquais, monterait à. .   21,717,972

Mon DEUXIÈME DEVIS, en partant de la Croix-Rouge, monte à.	5,820,420
Matériel d'exploitation à ajouter.	1,204,000
Surcroît de dépenses résultant des changements introduits par la compagnie Fould. .	11,717,972
Total.	18,742,392

Mon TROISIÈME DEVIS, en partant de la barrière du Maine, monte à.	3,800,000
Matériel d'exploitation à ajouter.	1,204,000
Surcroît de dépenses résultant des changements introduits par la compagnie Fould. .	11,717,972
Total.	16,721,972

La compagnie elle-même, en fixant son capital social à 8,000,000 fr. avec une réserve de 2,000,000 fr., a constaté qu'elle estimait la dépense totale de son projet partant de la Croix-Rouge à 8,000,000 fr. et tout au plus à 10,000,000 fr. Sa double estimation ne diffère donc de la mienne que de 975,580 fr. en moins, ou de 2,975,580 fr. en plus. Comment donc a-t-elle pu se croire autorisée à présenter à ses actionnaires et au public la prétendue insuffisance de mes devis comme la cause et l'excuse de ses mécomptes et de ses fautes de tous genres ?

Au surplus, j'ai toujours compté que ce chemin, partant de la Croix-Rouge, coûterait 8,000,000 fr. Ma brochure, citée par ces messieurs, raisonne toujours dans cette hypothèse, et dit expressément, p. 2, l. 33 : *Les frais de premier établissement pour chacun des projets proposés s'élèveraient à 8,000,000 fr. environ.*

Les projets dont il s'agit sont les deux projets adoptés par l'administration.

Me contestera-t-elle le droit d'ajouter à mes devis, pour les comparer au chiffre du sien ou de celui qu'elle est censée avoir dressé pour arriver à ses 8,000,000 fr., la somme de ses inutiles surcroîts de dépenses? mais alors elle doit diminuer d'autant le total de ses devis, et nos chiffres respectifs restent dans le même rapport.

Osera-t-elle dire que son devis était insuffisant, puisque moins de la moitié de ses travaux a déjà absorbé la somme totale de ses devis? Mais si elle avait déjà dépensé 20 millions, serait-ce à dire que 20,000,000 fr. ne suffiraient que pour moins de la moitié des travaux de son chemin de 4 lieues 1/2?

Que ses actionnaires et le public soient juges entre elle et moi.

De tout ce qui précède, il résulte, à mon sens, que j'avais d'assez bonnes raisons à opposer aux attaques de MM. les ingénieurs du chemin de Paris à Versailles (rive gauche), et que ma réponse devait essentiellement intéresser le public, surtout les actionnaires de l'entreprise et aussi l'avenir des chemins de fer. Ma réponse eût-elle été moins importante sous ce triple rapport, il semblait que la délicatesse et la loyauté commandaient à tous les journaux d'ouvrir leurs colonnes à la défense comme ils les avaient ouvertes à l'attaque. Il n'en a pas été ainsi. Le *Journal du Commerce* a publié un article dans lequel je suis suffisamment désigné par ma qualité d'auteur de l'avant-projet et des devis primitifs, et un autre dans lequel je suis désigné de la même manière et de plus nommé en toutes lettres. Ces deux articles contiennent des assertions évidemment nuisibles à ma réputation d'ingénieur et à la destinée des projets que je présente en ce moment à l'autorité. Les magistrats en ont jugé comme moi; et lorsque j'ai voulu me défendre, l'auteur de ces deux articles, M. Burat, s'est opposé à l'insertion de m'a défense; on m'a promené pendant plusieurs jours sous divers prétextes, enfin sur mes instances réitérées, on a offert de publier mes observations, mais mutilées, atténuées et dénaturées. Cependant telles que je les avais présentées au journal et telles que je les ai soumises au tribunal, auquel il a bien fallu recourir, ces observations ont paru aux juges pleines de modération et de convenance. C'était donc uniquement dans l'intérêt de mes adversaires que M. Burat entendait m'imposer silence.

Je conçois l'embarras de M. Burat; rédacteur très-officieux, presque officiel, et certainement désintéressé de diverses compagnies, il devait naturellement tenir à épargner à la compagnie de la rive gauche, l'une de ses clientes, une réplique à laquelle il eût été difficile de répondre sans exposer ses amis aux périls d'une nouvelle riposte plus étendue, plus circonstanciée, et appuyée de l'autorité des faits et des chiffres. En me formant la bouche, il a sacrifié tout à son rôle de défenseur de la compagnie et des ingénieurs de cette compagnie. En cela peut-être a-t-il oublié un peu trop les droits de la vérité, qui ne se révèle guère que par des débats contradictoires, ses devoirs de journaliste qui lui disaient de songer au public avant tout, et l'intérêt des actionnaires qui ne sont pas forcés de savoir qu'un journaliste chargé de cette spécialité, admet tout ce qu'il trouve de favorable à ses protégés, et rejette tout ce qu'il juge fâcheux à leur susceptibilité.

Quoi qu'il en soit, n'ayant pu parvenir à vaincre la résistance de M. Burat, je me suis vu contraint de demander aux tribunaux ce qu'un journal impartial et ami du public, se serait empressé de m'accorder à ma première réclamation, et j'ai obtenu contre le *Journal du Commerce* le jugement, bien motivé, ce me semble, dont voici la teneur:

Extrait des minutes du greffe du tribunal de première Instance du département de la Seine, séant au Palais-de-Justice, à Paris.

Le tribunal de première instance du département de la Seine, a rendu en son audience publique de la sixième chambre, jugeant en police correctionnelle à la date du 28 décembre 1838, un jugement dont la teneur suit:

Pour Alexandre Corréard, ingénieur, demeurant rue Jean-Goujon, n. 4, contre Michel, Auguste Durand, âgé de 47 ans, directeur-gérant du journal *Le Commerce*, rue Saint-Joseph, n. 6.

Le tribunal après en avoir délibéré conformément à la loi faisant droit, en fait;

« Attendu que le journal intitulé *le Commerce*, dont le sieur Durand est gérant, a dans ses numéros des 11 et 12 novembre dernier désigné le sieur Corréard, ingénieur, en rendant compte de la situation du chemin de fer de Paris à Versailles (rive gauche), que notamment du numéro du 12 le dit sieur Corréard a été nommé;

« Attendu que par exploit du 25 novembre, Corréard a signifié une réponse aux deux articles avec sommation de l'insérer; que le sieur Durand a refusé de recevoir et d'insérer cette réponse dans son entier et a persisté depuis dans son refus malgré l'offre de Corréard de payer la somme qui pourrait être due pour le supplément de lignes de la réponse dépassant le nombre à insérer conformément à la loi;

« Attendu que de la lecture attentive de la réponse faite par Corréard, résulte que les termes en sont mesurés et convenables; que si elle contient des développements, c'est la conséquence nécessaire de la justification du système suivi par le sieur Corréard dans les plans par lui dressés et adoptés par l'administration;

« Attendu qu'il est constant que le plaignant, en sa qualité d'ingénieur, a un intérêt sérieux et légitime dans la cause;

En droit. — « Attendu que l'article 11 de la loi du 25 mars 1822 est absolu, que cette loi n'a pas voulu seulement protéger les personnes, mais aussi les intérêts matériels et moraux de ces mêmes personnes, que cette disposition se rattache au droit de la défense personnelle, lequel droit est plutôt étendu que restreint par les tribunaux; que si l'exercice de ce droit amène quelques inconvénients pour le gérant du Journal, il a à s'imputer d'avoir provoqué par son article la réponse qu'il veut écarter ou modifier; attendu au surplus que ce sont les personnes nommées ou désignées dans les écrits périodiques qui sont premiers juges de la convenance des réponses aux attaques et non les gérants des journaux contenant ces attaques;

« Attendu que de ce qui précède, il résulte que le sieur Durand en refusant d'insérer, en entier, la réponse mesurée et convenable de Corréard aux articles incriminés, s'est rendu coupable du délit prévu et puni par les articles 11 de la loi du 25 mars 1822 et par l'art. 7 de la loi du 29 septembre 1835;

Faisant application des dits articles dont il a été donné lecture par le président et qui sont ainsi conçus:

Les propriétaires ou éditeurs de tout journal ou écrits périodiques seront tenus d'y insérer dans les trois jours de la réception ou dans le plus prochain numéro s'il n'en était pas publié avant l'expiration des trois jours, la réponse de toute personne nommée ou désignée dans le journal ou écrit périodique, sous peine d'une amende de 50 francs à 500 francs, sans préjudice des autres peines et dommages-intérêts auxquels l'article incriminé pourrait donner lieu ; cette insertion sera gratuite et la réponse pourra avoir le double de la longueur de l'article auquel elle sera faite;

L'insertion des réponses et rectifications prévues par l'article 11 de la loi du 25 mars 1822 devra avoir lieu dans le numéro qui suivra le jour de la réception ; elle aura lieu intégralement et sera gratuite ; le tout sous les peines portées par la dite loi ; toutefois si la réponse a plus du double de la longueur de l'article auquel elle sera faite, le surplus de l'insertion sera payé suivant le tarif des annonces.

Condamne Durand à 50 fr. d'amende et aux dépens liquidés, à 5 fr. 90 c. par la partie civile.

Ainsi fait et jugé par MM. Pinondel, président de ladite chambre , Prudent Voisot, juge, Martel, juge.

En présence de M. de Charencey, substitut de M. le procureur du roi.

Assisté de Me Galopin Bouquet, greffier de la sixième chambre.

En l'audience publique de la sixième chambre, jugeant en police correctionnelle, le vendredi 28 décembre 1838.

Après un semblable jugement, on croirait que le *Journal du Commerce*, s'est résigné à publier ma réponse ; point du tout, le dévouement de M. Burat à la compagnie et à MM. les ingénieurs de cette compagnie ne cède point à une simple condamnation en police correctionnelle , il lui faut au moins une sentence de la cour royale, l'affaire est en appel. Peut-être la portera-t-on ensuite devant la cour de cassation.

On sait fort bien qu'on perdra partout, parce que la loi est si formelle, et mon droit si évident, que la justice ne semble pas pouvoir hésiter ; mais on gagne du temps. Le public, voyant que je ne réponds pas aux attaques dirigées contre moi, et ne supposant pas à M. Burat le pouvoir et la volonté de m'empêcher de répondre, le public regarde comme des vérités incontestables toutes les assertions publiées pour justifier la compagnie et ses ingénieurs , et, dans les délais que l'on s'applique à prolonger, on trouve deux avantages : celui de me nuire pour le seul plaisir de nuire, et celui de ménager à la compagnie le temps de pratiquer un emprunt, si elle trouve de bonnes âmes assez bonnes pour confier de nouveaux fonds , aux mains qui ont déjà si bien employé un premier capital de 8 millions.

Ceci n'est-il pas, pour le public et les actionnaires, un utile avertissement?

Afin que tout le monde puisse reconnaître que ma réponse, adressée au *Journal du Commerce* et que M. Burat, repousse encore si obstinément, ne présente ni dans le sens, ni dans l'expression, absolument rien qui en justifie le refus , je l'imprime ici textuellement , et quand on l'aura lue avec un peu d'attention, chacun demeurera convaincu que ceux qui la repoussent après avoir accueilli les dire de la compagnie , s'intéressent étrangement à cette compagnie, et se soucient fort peu de l'entreprise, des actionnaires, de l'équité, du public et de l'honneur de leur métier, car l'honneur d'un journaliste, comme journaliste, consiste surtout dans l'impartialité.

A Monsieur le directeur en chef du Journal du Commerce.

Parmi les causes de la situation pénible où se trouve la compagnie du chemin de fer de Paris à Versailles (rive gauche), vos articles du 11 et du 12 indiquent la négligence des plans du projet imposé à la compagnie, et l'insuffisance des devis et la pente fixée à 4 millimètres.

Plans , devis et pente de l'avant-projet , tout est de moi , l'article du 12 me nomme et déclare , ce qui est vrai , que je suis l'auteur du projet ; ainsi les vices de mon travail auraient compromis l'entreprise.

Vous concevez , monsieur , qu'une pareille imputation , publiée à l'instant même où le gouvernement et les chambres vont , je l'espère , s'occuper de mon projet de Paris à Tours par Chartres , et où je sollicite l'envoi aux enquêtes de la continuation de ce chemin jusqu'à Bordeaux , peut nuire de la manière la plus funeste à ma réputation, à mes intérêts, aux intérêts de ma compagnie et du public, que je ne sépare jamais des miens.

Plein de confiance en votre délicatesse et en votre équité , je viens donc vous prier d'accueillir ma défense, puisque vous avez accueilli l'accusation , et de la publier textuellement dans votre plus prochain numéro. Il importe beaucoup que rien n'y soit modifié ni retranché. J'aurai soin de me renfermer dans les bornes de mon droit et des convenances.

Mon projet de tracé , présenté en concurrence avec onze autres , a été adopté , non parce qu'il était de moi;

mais parce qu'il a paru le meilleur aux yeux des juges compétents ; plusieurs députés , hommes tout à fait spéciaux, ont affirmé à la tribune, qu'il remplissait mieux que tous les autres les conditions d'un bon tracé.

Quand il serait vrai que ce tracé traversât *un étang dans toute sa longueur*, serait-ce donc une preuve suffisante et incontestable de l'incurie de l'auteur ? Ne faudra-t-il jamais en aucun cas traverser un étang dans toute sa longueur, quelle que soit cette longueur ? (Celui-ci n'a qu'une surface de 1 hectare 25 ares, 2 arpens 1/2), faudra-t-il renoncer aux chemins de Paris à Lyon et de Lyon à Bourg, qui traversent beaucoup d'étangs, dont un seul exige la construction d'un pont de 18 arches.

J'avais présenté 9 projets ; 2 seulement, le premier par la rive droite, le second par la rive gauche (celui qui a été adopté) étaient accompagnés de devis ; il est donc clair que les 7 autres, dépourvus de devis, n'étaient produits que pour attester les avantages des 2 premiers et pour montrer que j'avais étudié complètement le terrain. Or, de tous ces projets, aucun ne traverse un étang ; le 9ᵉ est le seul dont une courbe enveloppe sans le toucher l'angle sud de l'étang de M. Gros–Jean. Vous voyez, Monsieur, la confiance que méritent les notes qu'on vous a fournies.

On se plaint de la pente de 4 mil. que j'avais adoptée ; est-il bien sûr qu'on aurait dépensé 500,000 fr. de moins en augmentant cette pente de 1/8 de mil.? Cela n'est pas démontré. J'ai étudié des projets sur diverses pentes, 3 mil. , 3 mil. et 1/2, 4 et 5 mil. ; celle de 4 est la plus avantageuse de toutes. Celle de 5 exige des souterrains et plus de frais ; c'est par ce motif que le conseil général l'a rejetée.

De Paris à Vanvres, c'est-à-dire, sur à peu près 1 quart de parcours, on a suivi mon projet ; sur les 3 autres quarts de Vanvres à Versailles, on s'en est tellement écarté qu'il n'y a plus rien de moi. L'ensemble de mon projet offrait un 1/3 en lignes courbes et 2/3 en lignes droites, tandis que le projet exécuté, présente au contraire environ 2/3 en lignes courbes et 1/3 en lignes droites. Or, mon devis était fait pour mon avant–projet et non pour un projet définitif et tout différent. Quand bien même on aurait suivi exactement mon projet, ce ne serait pas encore une preuve de l'inexactitude de mes devis ; car selon le plus ou le moins de surveillance et d'économie, selon le choix des procédés, l'emploi des matériaux, etc., on peut doubler, tripler, quadrupler la dépense pour les mêmes ouvrages ; et nul n'est fondé à me dire, nous avons dépensé 8 millions, donc vous auriez dépensé 8 millions sans être plus avancé.

Voici pourquoi je demandais moins et pourquoi on a dépensé plus :

1° Je n'avais pas le grand remblai du clos de Montholon (6 à 800 m. de long sur 7 à 8 m. de hauteur) ;

2° On a augmenté sans motif les tranchées de Clamart, de Meudon, du bois de Chaville ;

3° Je n'avais pas l'énorme remblai de Viroflay à Versailles ;

4° Mon remblai du val de Fleury n'aurait pas coûté 500,000 fr., le viaduc substitué coûtera 2,500,000 fr.

5° Mes rails ne devaient peser que 20 kilog. (ceux des chemins de Saint-Étienne et de Roanne ne pèsent que 14 et 16 kilog.) ; les rails employés pèsent 32 kilog.; c'est une augmentation de plus de moitié ; toutes les autres parties en fer ont été augmentées dans la même proportion ;

Il faut observer qu'en 1834, époque où mon devis a été dressé , les prix des fers et des fontes étaient de 32 et 36 fr. les 100 kilog., et qu'aujourd'hui ils sont de 46 et 50 fr., différence énorme qui justifie mes devis. En combinant l'augmentation du poids avec l'augmentation du prix, on reconnaîtra que la voie en fer doit coûter à la compagnie plus du double du prix fixé avec raison par mes devis.

6° On a remplacé mes dés en pierre par des traverses en bois, qui ne peuvent durer que 5 ou 6 ans au plus, et qui coûtent beaucoup plus cher.

7° Je construisais les ouvrages d'art avec solidité, mais avec simplicité ; on les a construits avec un *luxe romain*, dit le *Journal des Débats* du 13, *ce qui*, ajoute-t-il, a *rendu* l'entreprise *ruineuse* ; tous les ponts sont en pierre de roche et en pierres meulières smilées , avec tête en pierres de taille ciselées et bandeau de 50 c. portant larmier évidé.

8° Pour accuser mes devis , il fallait vanter comme des merveilles l'ordre et l'organisation des ateliers. Cependant on y voit journellement quantité d'ouvriers oisifs ; la journée s'y est payée jusqu'à 3 fr. 50 c. et 4 fr. ; on y a, dit-on, exécuté des travaux de nuit, moyen coûteux et sans fruit, auquel Napoléon lui même avait dû renoncer ; les moyens employés pour les travaux de terrassement égaient les ouvriers eux-mêmes ; c'est l'enfance de l'art, encore borné au tombereau et à la brouette. On y rencontre (au val de Fleury) des dépôts de terre formant des cavaliers de plus de 12 m. de hauteur, qu'il faut ensuite affouiller de nouveau et transporter à 100 m. plus loin ; mon devis devait-il prévoir cela ?

Si l'on persiste à me taxer de négligence et d'inexactitude, qu'on dise au moins quel est le prix de revient du mètre cube des travaux de terrassement compté à la compagnie ; je le portais, moi, à 80 c., et MM. Saulnier, Lecomte et compagnie ne me demandent aujourd'hui que 20 c., y compris les frais d'affouillement, de chargement, de régal et de transport à 1,000 m.

Le beton employé aux fondations du viaduc du val de Fleury a, dit-on, été payé 29 fr. le m. c. ; il ne vaut dans Paris que 16 et 18 fr. Cependant la chaux hydraulique, le sable, et la pierre meulière et de roche sont à pied d'œuvre, et le piquant de l'affaire, c'est que le premier entrepreneur a renoncé à un si bon marché.

9° Je me proposais d'employer la chaux grasse des environs de Versailles, qui, combinée avec le sable de minière du pays, produit un mortier excellent comme l'attestent les travaux de Vauban à Versailles et à Maintenon ; on s'est servi de la chaux hydraulique et du sable de rivière, ce qui a doublé à peu près la dépense.

10.—Le chemin d'Andrezieux à Rouanne (16 lieues), a dépensé pour poses transitoires, traverses, chariots de terrassement, outils, brouettes, bois pour passages provisoires, transports et objets divers, 171,711 fr. ; ici on a dépensé 936,000 fr. pour matériel d'exploitation ou d'exécution.

Il serait curieux de savoir en quoi consiste ce matériel d'exploitation acheté d'avance pour un chemin à peine au tiers exécuté, et dont l'administration a déjà épuisé son capital social.

11° L'adjudication ne date guère que de 18 mois, ce que l'on a fait n'équivaut pas à deux lieues, et déjà les frais de bureaux, de surveillance, etc., s'élèvent à 308,000 fr. ; est-ce la faute de mes plans et de mes devis ? Encore les neuf administrateurs n'ont pas de traitement ; que serait-ce donc s'ils en avaient ? A ce prix on doit remarquer que les frais d'administration pour la ligne de Paris à Tours (60 lieues), coûteraient 9,240,000 fr. ; et pour celle de Paris à Bordeaux (158 lieues) 24,332,000 fr.

12° J'évaluais à 808,736 fr. les terrains à acquérir, et cette estimation était très-large, car on y voit l'hectare porté à 5,000, 10,000 et 250,000 fr. ; or on a déjà acheté pour 2,245,000 fr. de la barrière du Maine à Versailles ; j'ignore le prix de l'hectare, mais un maraîcher de Versailles m'a dit qu'on lui avait payé son marais attenant à la route de la Patte-d'Oie, à raison de 50,000 fr. l'hectare ; ce terrain ne vaut pas le cinquième de ce prix.

13 Mon devis admettait trois points de départ à Paris, le premier quai Malaquais ; je demandais alors 8,946,240 fr. ; le second à la Croix-Rouge, il fallait 5,820,420 fr. ; et subsidiairement la barrière du Maine, 3,800,000 fr. suffisaient en ce dernier cas. On déclare aujourd'hui 15 millions nécessaires pour la totalité du chemin ; je réponds que si les 8,000,000 ont été utilement dépensés, il en faudra en tout 25, car les travaux ne sont pas au tiers. Mais il s'est trouvé un industriel sachant compter, et d'une réputation européenne, qui ne trouvait pas mes devis si inexacts, puisqu'il offrait d'exécuter pour 7,000,000 en 18 mois, et d'après mes devis, tous les travaux depuis la rue d'Assas jusqu'à Versailles ; on dit qu'il consentait à sacrifier sur cette somme 300,000 fr. ; il était même presque décidé à doubler ce sacrifice, ce qui pour lui eût réduit cette affaire à 6,400,000 fr. ; ainsi il ne demandait de plus que moi que 600,000 fr., dans lesquels devait se trouver son bénéfice d'entrepreneur.

« M. Léo m'a dit que MM. Henry et Mellet proposaient d'entreprendre les travaux pour la somme de 6 millions ; ce n'était que 200,000 fr. de plus que mon devis.

« MM. Fould et Léo me proposaient alors de porter à 100,000 fr. payés comptant, mon indemnité de 40,000 fr., et m'offraient un traitement annuel de 40,000 fr. pendant la durée des travaux, si je voulais les diriger ; pourquoi ai-je refusé de si grands avantages ? c'est que je prévoyais ce qui est arrivé, mais cela ne prouve rien contre mon projet ni contre mes devis.

J'ai l'honneur d'être etc.,

A. CORRÉARD,
Ingénieur de la compagnie du chemin de fer de Paris à Bordeaux, par Chartres et Tours, rue Jean-Goujon, n° 4.

Paris, le 14 novembre 1838.